Liebe Leserinnen und liebe Leser,

für dieses Buch, weiß ich gar nicht wirklich –
welches Vorwort, gar welche Einleitung ich
schreiben soll.

Dieses Buch beleuchtet, die düsteren Seiten der
Autoren, in dem Falle meine düsteren Seiten aus
meinem Tagebuch.

Schon in Märchen, wird Grauen und Schrecken in
Form von Kreaturen beschrieben. Mit diesen
werden schon Kinder konfrontiert.

Die böse Hexe, der dunkle Magier, Spinnen,
Ratten, Wölfe, Füchse, Verließe und verzauberte
Wälder…

Christian Hofmann

Christian Hofmann, geb. 5.3.1986 in Biedenkopf bei Marburg an der Lahn.

Der Autor verfasst seit dem Jahr 2006 Texte, Reime, Gedichte, Songtexte und Kurzgeschichten

Er über sich selbst:

Ich bin ein Gesellschaftskritiker, habe ein Burnout im Jahr 2013 erlitten und leide unter Depressionen und schneller Überforderung und einer hohen Sensibilität.

Ich bin ein Freigeist und Querdenker!
Feste Strukturen engen mich ein, nehmen mir die Luft zum Atmen!

Gewohnheiten – damit möchte ich mich auseinandersetzen und ihnen Einhalt bieten!

<u>Bibliographie:</u>

20 abgeschlossene Bände – Entgegen der Zeit
Das Ganze nennt sich Leben
Achtung! Lyrik einer anderen Art – It's the true life
Against the pressure of society
Das düstere Tagebuch eines Autors
Die Kinder der Artefakte (Fantasy-Geschichte)
Gedichte für unterwegs (E-Book)

Christian Hofmann

Das düstere Tagebuch eines Autors

– Ein Special zur Entgegen der Zeit Reihe –

DAS DÜSTERE TAGEBUCH EINES AUTORS
Inhalt – Reimform

ROLLBAND
VORM SONNENSCHEIN
SEIN
ACH IHR LIEBEN KINDER
ES BRENNT
TRAUMTÄNZER
WILDES HERZ – SONG MEINES LEBENS
MEINE FÜSSE
KRONE AUS DIN A4
JE WENIGER
ICH WERDE IMMER DEIN PAPI SEIN
MEINES WEGES
MONSTER-RITT
JUDGE AND PUNISHMENT
WUNDEN GESCHUNDEN
DIE HAUPTSCHULE
2TAUSEND-DREI
LEBENSGEFÜHL UND ZEIT
GOTTESHAUS
NACH DEM ENDE DIESER REISE
VERFASST
ANDERS

ABSCHNITT 2

IN DER WARTEZEIT
SCHWARZ/WEISS BILDER
KEINE LIEBESGESCHICHT'
EINE LETZTE NACHT
GERISSEN & GEZERRT
LANG UND OFT
SOMETHING'S STRANGE
IN STERNENKLARER NACHT
ZWISCHEN AUFGEBEN UND DRANBLEIBEN
GESUNDE LEBENSERHALTUNG
VERDROSSEN
TRAG DOCH NICHT IMMER SCHWARZ
LEERE VERSPRECHEN
SCHAF UND WOLF
AUSSCHUSS

SCHMUTZ AM MANTEL

15 Jahre – Last und Scherben
Ich sehe es sein, finde mich damit ab
Schwer mein Leben
Werde auch so sterben!

Alle Hoffnung, Traum und Ziel
Aufs Glück vertraut, ganz tief ich fiel
Kratzer tief im Seelenkleid
Schmutz am Mantel meiner Zeit

Schmerz und Qual
In allen Nervensträngen
Mich selbst geschlagen
Über alle Lebenslänge

Alle Wellen, raue Stürme
Schlugen mir in mein Gesicht
Angst und Dunkelheit
Vertrauter Feind, ich kenne dich!

Mir kribbelt es im Kopf
Unter meiner Haut
Schwindel, Herzrasen
Sinn meines Lebens, mir vertraut

Wie kaputt kann ein
Menschenhirn denn sein?
Der letzte Stern, er fiel
Schon vor ewiger Zeit

DES TEUFELS SPIELZEUG

Hass
Frust und Zorn
Brennendes Ufer
Dorn im Auge

Verlassen und
Abgeschlagen
Gebrochen längst
Mein ganzer Glaube

Trotz alle dem weitermachen
Immer stets nach vorn
Bin als des Teufels Spielzeug
Scheinbar nur gebor'n

Wenn ich eins begriff
Und lernte im Leben
Nicht alles erzählen
Nicht über alles reden!

Ich schreibe meine Qual
Alles aufs Papier
Verwalte so die Hölle
Auf dieser Erde hier

Leid und Schmerz
Bitterkeit, schweres Herz
Messerscharfe Schnitte
In Dunkelheit, so viele Schritte

SCHWERT IN DER BRUST

Verzweiflung und
Ohnmachtsgefühl am Anschlag
Vertraut, das pochende Herz
An jedem neuen Tag!

Das Schwert steckt in der Brust
Die Wunde blutet aus
Es drückt und sticht der Schmerz
Keucht das Leben raus!

Die Seele leidet vor sich hin
Das letzte Licht erlischt
Sorgen und Kummer
In roter Farbe einst gemischt!

Getränkt das Sein
Im vollendeten Schmerz
Ach, wie die Trauer und die Angst
Nährt vom kranken Herz!

Kaputt, erledigt und unterlegen –
Diesem ganzen Lebenskampf
Denn hier so zu leben
Ist ein wahrer Lebens-Krampf!

ZUM BRENNEN GEBOREN

So schwer wiegt mir
Der Stein auf dem Herz
Und die Last
Auf der Schulter

Es haften an mir
Sorgen und Kummer
So nah an Haut und Seele
Wie eine Eisenkette

Trümmer und ein
Gebrochenes Seelengefüge
Brenne im Feuer
Verliere die Flügel

In der Hitze der Flammen
Bin ich verloren
Atemzüge schwinden
Bin zum Brennen geboren

Ich bin zum Brennen geboren
Den Flammen verschworen
Versprochen, gediegen
Wie der Phönix, werde ich fliegen

Feuertaufe
Feuersturm
Königreich, es fällt
Königin im hohen Turm!

SCHATTENWELT

Die Brücken brennen
Die Dämme sie brechen
Ein Flammenmeer
Der Funken wird sich rächen…

Die Wolken zogen
Dunkelheit brach rein
Wolkenbruch –
Im Dunkeln muss das Monster sein

Kleine Schritte
Durch die Schattenwelt
Licht am Ende des Tunnels
Welches nicht erhellt!

Hoch der Einsatz
Alles verloren
In Pech und Schwefel
Bin ich geboren

Keine Hoffnung und
Auch keine Zuversicht
Die Flut bricht –
Und sie löscht das Licht!

… Die Brücken brennen
Die Dämme sie brechen
Im großen, weiten Flammenmeer
Wird sich, der Funken rächen!

UNHEIMLICH UND SCHRILL

Wie nur allzu oft
Diente ich zum Mittel aller Zwecke
Wie die Finsternis für –
Angst und Schrecken

Aus mir hat man mit
Jedem Mittel Profit geschlagen
Jetzt gehe ich auf im Schatten
Nach all den Niederlagen

Wenn die Nacht ist –
So lautlos ganz leise und still
Treibe ich umher
So unheimlich und schrill

Ich bin der Meister
Allen Unheils und Schrecken
Fürchtet euch in der Nacht
Ihr könnt euch nicht verstecken!

Ich reite ein in –
Dunkler Nacht
Wenn niemand da ist
Und euren Schlaf bewacht

Selbst der Teufel
Er trägt Furcht vor mir
Ich spiele mit ihm
Und mit seiner Gier nach mir!

FINSTER UND TRÜBE

So finster, trübe
Und ach so kalt
Schaut's aus in mir
Von jung, bis in diese Tage alt

Brauche vor keiner Hölle
Im Leben flüchten
Denn hat sie mich doch längst gefunden
Hinter mir liegen, qualvolle Stunden!

Ich bin sogar des Teufels Albtraum
Schlimmer wie die Hexe und der Wolf
Abscheulicher als der letzte Abschaum!
Verlorene Sterne, gestürzter Traum!

Auf dem Höllentrip
Mit des Monsters Schritt
Bleifuß und bremsenlos
Befinde ich mich auf dem Jägersritt

Abgründe tief voller absurder Ängste
Voller Zweifel und Panikmomente
So geht's seit eh und je, so geht's weiter
Von damals an, bis zu allem Ende!

LEID UND KUMMER

Ich brauche nicht viel Geld
Zum Sachen kaufen
Sondern es gegen die Freiheit
Einzutauschen!

Brache kein Geld würde viel lieber
Leid und Kummer aus der Seele schneiden
Doch sitzt tief und fest
Kann dagegen nur weiter Zeilen schreiben

Nichts ist besser und fühlt sich –
Schöner an
Als im Leben wirklich richtig –
Frei zu sein!

Freiheit!
Gesundheit!
Scheiß auf Reichtum
Und die verdorbene Geld-Geilheit!

Lieber gesund und glücklich
Gemüt und Körper, als viel Moneten
Denn die Taschen sind und bleiben leer
Wenn wir hier auf Erden abtreten!

SCHLECHTES BLATT

Habe viel gelesen, viel gesehen
Wo stehe ich im Leben und –
Wohin will ich gehen!?

Die Lügen und Intrigen
Ich bin sie längst mehr als satt!
Superhelden gibt's nicht
Kein Ass im Ärmel, schlechtes Blatt!

Mein Herz es schlägt, im Takt *tick-tack*
Der Kopf so voll
Mit unnützem Scheiß bepackt!

Wen klage ich an, ich ziehe vor Gericht!
Doch im Saal herrscht nur Leere
Denn erscheine dort, nur ich!

Ich wollte immer Fairness, meine Wahrheit leben
Doch diese Chance sie gleicht hier null
Denn sie lügen, doch es wird Widerstände geben!

Wo stehe ich im Leben, wo will ich hingehen?
Verrat und Verblendung, wo soll ich noch hinsehen!?
Ich bin ein Mensch auf breiter Wiese –
Doch Verstand und Wahnsinn, befinden sich in tiefer
Krise!

Wo gehöre ich hin, wem schließe ich mich an?
Fresse ich die Pille dieses Lebens?
Vergesse ich alles, was ich weiß und was ich kann!

HEILIGER GEIST

Vater und Sohn
Heiliger Geist
3x die 6 – 666, die Nummer vom Biest
Es so im Munde, aller heißt!

Sodom und Gomorrha
Judas der Verräter
Verrat aller Fronten
Krieg ist der Ur-Vater aller Väter

Heilige Kirche, heilige Schrift
Heiliger Geist –
Sag was denn heute, hier –
Noch heilig ist!?

Apokalypse, Armageddon
Wir haben Götter!
Selbst erschaffen im Leben
Verewigt in Stein und auf Beton!

Filme sollen uns „*belullen"
Natur wird ganz vergessen
Tiere in Massen geschlachtet
Guten Hunger! Beim großen Fressen

Ich lache dann mal später
Denn Tränen fließen bei ihr innen
Leider lebe ich in dieser Welt
Ich kann dem Scheißdreck nicht entrinnen!
*belullen = schläfrig machen

POCHENDE WUNDEN

Pochende Wunden
In die man ständig sticht
Bleiben entzündet
So heilen sie gewiss nicht!

Jede Träne
Die ich wein'
Gießt in die Wunde rein
Wie Branntwein

Pochende Wunden
Werden nicht heilen
Ich vergieße schwarze Tränen
In diesen Zeilen

Schlechte Gedanken
Sie wollen nicht schwinden
Füllen sich stetig auf
Werden geleiert an der Seilwinde!

Ich fliege und
Ich laufe davon –
Doch sie verfolgen mich im Schatten
Es beginnt immer wieder von vorn!

ALTE ZEIT LIEGT IM LAND

Alte Zeit liegt im Land
Ins neue Jahr an Zauberhand
Blicke ein letztes Mal zurück
Eisigkalte Tränen im Gesicht

Fühle das Leben tief in mir
Nimm die Niederlagen mit
Den Siegen schenke ich keine Bedeutung
Gib auf sie, kein kleines Stück!

Mein Herz gebrannt
In Asche und Rauch
Habe gefeiert und verloren
Schwarz das Herz, im Gluten-Rausch

Auf das was war, letzte Worte
An dieses intensive, nahgehende Jahr
Auf das was geht, was nicht bleibt
Auf ins Land der neuen Zeit

In Gedanken, in Gedenken
Nur noch Erinnerung –
Jede Zeit geht vorbei
Sie ist irgendwann auch um!

Fehler die ich machte
Weil ich zu den Sternen griff
Am Ende des Jahres
Befinde ich mich, am sinkenden Schiff!

BUNTE PUNKTE

Aus dunklen Wäldern
Und aus düsteren Zeiten
Von daher komme ich
Aus endlos-scheinenden Weiten

Die Wahrheit sie wird –
Kein großes Gewicht mehr tragen
Denn sie liegt, seit Jahr und Tag
Lang und tief begraben!

Aufgestanden
Aus harten, finsteren Zeiten
Doch von Lügen – wird
Am Ende nichts mehr überbleiben

In der Musik
Da kann ich überleben
Schwarzes Herz, schwache Seele
Ach, dir sei vergeben!

Komm, wir flicken
Diese Welt –
Mit vielen bunten Punkten
Heilen Wunden
In weniger als –
100 Stunden!

GLANZ

Schimmernder Glanz
Lang ausgetanzt
Ist das Monster schon –
Lange nicht mehr versteckt

Eckstein, Eckstein 1-2-3
Wer wird, soll, kann –
Der Nächste sein?
Das Monster kam längst unterm Bett hervor

In schlaflosen Nächten
Suche ich nach sicheren Schächten
Zu viel Leid, quält und schält
An Haut, Faser, das Fleisch am Leib!

Eiternd, maternd, zerfetzend
Und dazu zerbeißend
So muss ich mir –
Nacht um Nacht die Nerven zerreißen

Dunkle Schatten, wolkenvoll
Ist mein schwarzer Himmel
Kein Land im Licht, nur Schicht im Schacht
So geht's mir, in jeder – „GUTE NACHT"

IMMER NUR GEHÖRT

Ich habe immer nur gehört:
DU MUSST fleißig sein
DU MUSST arbeiten gehen
DU MUSST Geld verdienen
Ohne Geld kann man nicht leben!

Jetzt sage ich:
ICH MUSSTE leiden
Warum ich nun auch so viele Zeilen schreibe!
DIE WELT MUSS nun mein Leid mit ertragen
ICH MUSS – Wer hat hier überhaupt das Sagen!?

ICH MUSS einen Scheißdreck
Außer im Leben irgendwann mal sterben
Fressen und aufs Klo, ist alles was ich muss
ICH MUSS schreiben, nur so kann ich leben –
In allen meinen Zeilen!

Ich habe immer nur gehört:
TU DIES NICHT – TU JENES NICHT
TU NUR DAS, WAS MAN VON DIR VERLANGT!
Beschissene Gesellschaft, ich habe alles gegeben!
Burnout, Depression, ausgebrannt, alles abverlangt!

JETZT MUSS DIE WELT
Hören, lesen und fühlen was ich alles ertrage
Auf den brennenden Brücken tanzen, Schmerzen lieben
Hallo, guten Morgen, guten Abend – sagen!
IHR KÖNNT MICH MAL! IHR KÖNNT MICH MAL!
Sonst wo besuchen kommen!

SEITEN VOLLER SCHATTEN

All der Frust und der Schmerz
Sie kommen nicht von ungefähr
In der Schule liegt der Ursprung
Ja ich weiß, ist es doch schon lange her!

Die Kindheit fest verankert
In der Tiefe eines jedem selbst
Nichts auf ewig vergessen!
Narben bleiben haften jedes Mal, wenn du fällst

Ich erwarte nicht, dass man mich versteht
Aber wenn ich es schreibe
Ist es so, dass es mir danach immer besser geht
Wie der Sturm der zieht und sich wieder legt!

So viel Frust und Zorn in mir!
Verdammt nochmal, ich kann doch nichts dafür!
Ich bin halt nun mal wie ich bin –
Bekam die Scheiße ab
Doch für andere war dies nur halb so schlimm!

Da war kein Mitgefühl in jener Klasse
Trotzdem habe ich niemals –
Das Verlangen gehabt, zu hassen!
Doch heute würde ich euch in den Abgrund fallen
lassen!
Ich vergesse niemals, meine Seiten voller Schatten
Im Dunkeln sind die Feinde und die Ratten!

SCHMERZ UND TRAURIGKEIT

Frust, Leid
Schmerz und Traurigkeit
Leere und Einsamkeit
Vertrautes Leben, schon so lange Zeit

Wut, Zorn
Hass und Fluch
Ungerechtes Leben, böse Seiten
Verdammt trübe dieses Buch!

Hier ist gefesselt und verankert
Das Leid, der Schmerz – meiner Zeit!
Narben so Wunden-tief
Wie der Grund der Seele reicht!

Tiefgründung und das Leben liebend
Wuchs ich auch in mir, in übler Gegend
Falsche Freunde, Feinde, Neider
Sie sind wie der Schmutz aller Kleider!

Sie sind die Plage, eine Pest, der Virus
Die wahre Seuche, die krepieren muss!
Schande, Scharlatane und Verbrecher
Reine Westen, kannst glatt vergessen!

Manche verkaufen ihren Vater, ihre Mutter
Verraten sogar einen Teil von sich
Wie abscheulich und erbärmlich
Mancher Mensch auf dieser Welt doch ist!

SANDKASTEN

Im Sandkasten
Noch Freunde
In der Schule schon
Kontrahent

So ändert es sich von
Damals bis heute
Menschliche Werte
Gespielt und abgehängt

Konkurrenzkampf
Gesellschaftlicher Tanz
Facetten und Fassaden
Ellenbogen und Ignoranz

Soziales Verhalten
Und moralisches Wesen
Lange vorbei
Ist Schnee von gestern gewesen

ABSCHNITT

Ich gehe des Weges entlang. Herbst! Blätter fallen und liegen am Weg.
Ich komme an einem Müllcontainer vorbei. Am Grund – unten am Boden. Neben dem städtischen Müll, befinden sich Maden. Insekten und Ungeziefer!

Genau, wie das „Geviehz" und „Wurmige" am Boden kriecht, so verlaufen meine Gedanken und sie spalten sich.
Sie spalten sich in *Zweifel, Ängste, Schmerz, Trauer und Kälte. Aber einen gemeinsamen Wirt haben diese Parasiten – nämlich mich!*
Genauer gesagt, meine Seele!

Verkrampfung und Anspannung verspüre ich am ganzen Körper. Gedanken und Gefühle, welche an mir nagen und zerren! Wie die Tauben an einem Drecksplatz – die sich über Abfall und verfaulende Lebensmittel hermachen, daran picken und aufgebracht mit ihren Federn schlagen und wegfliegen, weil die Raben im Anflug sind.

Gedanken die mich beschäftigen sind:
Wie geht's weiter!?
Habe ich es mir alles zu einfach gemacht!?
Warum renne ich immer weg!?
Warum belastet mich immer alles so sehr!?

All diese maternden Gedanken und Fragen nehmen mir förmlich die Luft zum Atmen. Wieder Angst und Schrecken, allem und jedem gerecht zu werde. Wieder

droht mir dabei, mich und meine Selbstfürsorge außer
Acht zu geraten.

Während ich immer weiter gehe, laufe ich über
verwelkendes Laub.
Verrottete Blätter.
Ich denke über das Leben und über den Tod nach.
Nicht das erste Mal!
Über allen Sinn und Unsinn.
Über die Gesellschaft, das System

Ich stelle wieder einmal, wie schon so unzählige Male,
alles in Frage!
Über alles wo ich schon über dreißig Jahre „drin" lebe!
Wo „drin" lebe ich eigentlich!?

Lebe ich einer Heimat!?
In einem Zuhause!?
Wo und vor allem wie lebe ich!?
Lebe ich einfach nur in meinem Körper, in dem eine
kranke Welt vorhanden ist!?

ROLLBAND

Weiter geht's am Rollband
Auf dem Gefühlskarussell
Alles fest verankert –
Doch auf die Fresse fliegt man schnell!

Das Leben ist ein Rollband
Es geht in einem unkontrollierten Tempo voran
Alles schießt an einem nur so vorbei
Keine Chance etwas zu greifen, das Nächste schon
begann!

Ein Tag mit 24 Stunden, davon dreiviertel
In stetiger Funktion
Burnout, Depression
Ich frage euch, wen wundert es schon!?

Fließbandleben
Im Akkord getaktet
Die Industrie nimmts in Kauf
Menschliche Schäden bleiben unbeachtet!

Industrie –
Wir sind durch!
Zum Wohle der Menschheit
Ist klar, und das Baby bringt der Storch!

Alles kann, doch zum Starten –
Musst du erst beginnen
Festhalten und loszulassen
Wenn du gehst, hinterlässt du deine Spurrillen!

VORM SONNENSCHEIN

Trübe Aussicht
Vor dem Sonnenschein
Nur die Dunkelheit -
Bringt nicht die Angst allein!

Woher kommen die –
Ängste in der Nacht?
Sie folgen vom Tage an
Und sie halten dich in Schach

Nachts kommt hoch
Was der Tag schluckt, doch nicht verdaut
Gewürgt, gekotzt, gespuckt
Der Teufel lacht, die dumme Sau!

Kein Heldentanz
Kein Lagerfeuer
Doch lass ihn brennen –
Den Arsch vom Ungeheuer!

Die Seele baumelt
Der Verstand er taumelt
Das Gewissen, es ist gebissen
Ach komm, geh dem Teufel in die Fresse pissen!

SEIN

Wie will ich sein?
Und wie nie werden
Glücklich und frei
So will ich sterben!

Wahrhaftig echt
Durchs Leben gehen
Der Traum nicht schlecht
Schwer den Stand zu stehen!

Wege entstehen
Durch Träume und Ziele
Ich bleibe nie stehen
Denn ich habe viele!

Ich bin kein Ritter
Und ich bin kein Held
Ich bin nur ein Stern
Der glühend vom Himmel fällt!

Ein tiefer Fall und
Hart die Landung
Ein lauter Knall und
Entstellte Verwandlung!

Ich sehe trübe, düster
Trist und schwarz
Die Aussicht ist finster
Genauso wie mein Herz!

ACH IHR LIEBEN KINDER

Es bleiben dieselben Straßen doch –
Es ist ein Ende einer Reise
Wieder alles neu, Freiheit doch –
Auch seltsam in mir, auf eine fremde Weise!

Es vergeht die Zeit
Ach, ihr lieben Kinder
Es stürmt und schneit, mein Herz im Herbst
Es wechselt in den Winter!

Wir sind nur Blätter, die zu Boden fallen
Ungebremst und ungehalten!
Trage die Onkelz im Bauch
Immer ein Schritt zu nah am Lebenshauch!

Brecht mir meine Knochen
Reißt mein Herz entzwei!
Träume bleiben hier bei mir
Denn – sie sind vogelfrei!

Das Feuer in mir brennt
Und solang, ist die Entzündung kein Problem
Für meinen Stolz, für das Wahre –
Werde ich hier bis zum Letzten stehen!

ES BRENNT

Mein Herz, es brennt
Der Glaube und der Wille
Der mich –
Bei meinem Namen nennt

Traurigkeit
Sie ist schon so lang gefühlt!
Mir vertraut
Wie kein anderes Gefühl!

Nach jedem Fall
Ein neuer Stand
Zur Faust geballt
Die einst – gereichte Hand!

Feuer, Asche –
Unter Schutt begraben
Auf das Wiederaufstehen
Nach allen Niederlagen!

Gestutzte Flügel
Seele in Brand vom Feuersturm
Alles geht einmal zu Ende
Und etwas Neues, beginnt dann von vorn!

TRAUMTÄNZER

Jahrelang renne ich
Einem großen Traum hinterher
Ohne Aussicht auf Erfolg
Als ob ich nur ein Traumtänzer wär'

Doch in mir, da ist mehr
Ein Licht, das nicht zu löschen ist!
Es brennt – und Benzin ins Feuer
Ist mein Antrieb, der dadurch noch stärker ist!

Ich kenne schon den Tanz
Mit dem Feuer –
Gebrannt habe ich bereits
Und zwar lichterloh!

Verheerende war
Das ganze Ausmaß
Doch mit nur einem Funken
Entzündet man das ganze Stroh!

Es ist
Lediglich das Geld
Darum dreht sich
Das Rad dieser Welt!

Alle wollen viel
Doch in Wahrheit wollen sie das Meiste
Ich träume meine Welt mir schön
Ohne deren, Regeln, Normen, Gier und Scheiße!

WILDES HERZ – SONG MEINES LEBENS

In mir steckt, ein wildes Herz
Ich und ruhig, nee – nur Fassade
Es tobt wild und laut und frei in mir
So will es auch weiterschlagen

Ich breche aus, harte Schale weicher Kern
Mache jetzt was mir gefällt
Ich bin jung, lebe jetzt –
Ich bin und bleib' das Zentrum meiner Welt!

Ich drehe Volume bis Anschlag rauf
Lebe mich nun völlig aus!
Es gibt nichts, wirklich nichts –
Was mich noch halten kann!

Ich knacke die Schale
Es springt der Kern
Keiner von euch kennt mich wirklich –
Wisst ihr was, - Ey, habt mich gern!

Nichts ist im Leben schlimmer
Keine Last, ist schwerer als ein Stein –
Als die, ewig und stetig immer nur –
Fremdbestimmt zu werden und zu sein!

Heute wache ich auf, mit diesen Zeilen
Diese Erkenntnis macht mich so frei
Es ist für nichts zu spät –
Solange du lebst, ist nichts vorbei!

MEINE FÜSSE

Leider sehen
All die Leute nicht –
Das mein Werk, das Schreiben –
Doch auch meine Arbeit ist!

Ich verdiene kein Geld
Darum schätzen sie es nicht wert
Harte Arbeit, mein ganzes Werk
Welches diese Welt hier eines Tages erbt

All meine Untergänge
Dieses ganze Unterfangen
Kann man mit allem Geld, auf dieser Welt
Gar nicht bezahlen

Ich schreibe hier
Mein ganzes Leben auf
Sie wollen doch – BEWERBUNG –
Einen ganzen – LEBENSLAUF –

Harte Wege
So wund die Hand und die Füße
Fehler, für die ich bezahlte
Für die ich alle büße

Schanden, Fehlschläge
Weiter Weg, soweit getragen
Haben mich des Weges meine Füße
Letzte Zeile, freundliche Grüße

KRONE AUS DIN A4

Ich bin im März geboren
35. Jahrestag!
Ein Geschenk an mich mit diesem Buch
Habe ich mir selbst getan

Alle Wunden, Narben und
Alle Blessuren
Sie bleiben auf ewig
Meine Spuren!

Fünfunddreißig
Das ist kaum zu glauben
Denn sich auch so fühlen –
Weigert sich der Verstand, er will sich behaupten!

35 Jahre –
Kindergarten, Schule und Lehre
Schandflecken meiner Vita
Los! So hole mir die Schere!

Ich bastele aus
Dem Papier vom Lebenslauf –
Eine Krone aus DIN A4
Und ich setze sie mir auf!

Bin der König
Meines eigenen Lebens
Lasst es besser gleich –
Was für euch nicht – zu verstehen ist!

JE WENIGER

Je weniger man hat
Desto weniger man verliert
Viel unnützes Zeug
Lenkt ab vom Wichtigen –
Und von den relevanten Dingen hier

Ich lebe für den Augenblick
Gibt mehr Glück
Als jeder Gegenstand zurück

Wir nehmen nix –
Mit ins Grab zu letzter Stunde
Darum lebe ich anders
Ohne Schmuck und ohne Edelsteine
Ruhiger und zufriedener im Grunde

Mit wenig zufrieden
Denn alles hat mich depressiv gemacht
Ein Einschnitt ein meine Leben
Die Erfahrung, hat reicher mich gemacht

Weniger ist mehr
Dies zu verstehen
Fällt wahrscheinlich schwer

Brauche nur paar CD's
Die guten Lieder
Schreibe meine Zeilen, lese ab und an Bücher
Verkaufe aber vieles wieder

ICH WERDE IMMER DEIN PAPI SEIN

Vergeht auch die Zeit
Wirst du auch groß
Ich werde immer dein Papi sein
Werde ich auch alt und irgendwann gebrechlich sein

Ich werde dich immer lieben
Bei jedem Schritt, bei jedem Weg
Wenn auch mal ein rauer Wind
Über Sand und Schotter fegt!

Sehr oft mache ich mir Gedanken
Wie ich bin und was aus mir geworden ist
Vieles, ja vieles tut mir wirklich schmerzhaft leid
Doch ich hoffe so sehr, du vergisst nicht

Ich werde immer dein Papi sein
Werde ich auch alt und irgendwann gebrechlich sein
Dann habe bitte Verständnis
Dass im Alter, nichts mehr so selbstverständlich ist

Ich werde dich immer lieben
Bis ich eines Tages nicht mehr bin
Dann bereise ich all die Sterne am Himmel
Und schau von oben, auf dich und dein Leben hin

MEINES WEGES

Meines Weges gehe ich
Am schmalen Grat entlang
Stöcke, Steine, Eisenketten
Erschweren mir den Gang

Ich gehe durch das Freie
Doch bin ich nicht frei
Gefangen und gefesselt
Dieser Scheiß geht nie vorbei

Die einzige Freiheit –
Welche ich wirklich habe und lebe
Ist die, wenn ich in den Zeilen
Was mich so bewegt, niederlege

Oftmals sind es keine schönen Zeilen
Wunden, Wut und Schmerz
Doch es lindert kurze Zeit
Es ist ein Vorgang, fast so wie ein Heilen

Kraftverbrach und Wirkungsgrad
Einschlagwinkel, trifft mich hart
Immer zu und immer rein in jene Wunde
Kommt der Tag des Aufgangs, meine Stunde!?

MONSTER-RITT

Mein ganzer Werdegang
Bis hierher vom Anfang an
Es war mehr als nur ein Monster-Ritt
Steinig, traurig, jeder einzelne Schritt

In der Schule, ausgeschlossen –
Ganz allein gestanden
Schwarze Tage, dunkle Stunden
In Angst und Tränen durchgestanden!

Zarte Seele, zartes Sein
Viel zu klar und schön dem Untergang geweiht
Trotz all dem meine Linie gehalten
War es doch aber, eine grausame Zeit

Dass ich heute so bin wie ich wurde
Kann ich verstehen, doch es ist nicht schön
Schreibe so viele Zeilen, die mir doch helfen sollen
Nur wenige da draußen, die mir wirklich helfen wollten!

Heute lese ich so gerne, von gebrochen Menschen
Von prinzipien-klaren Legenden
Von Menschen die einst im Leben gefallen sind –
Doch niemals dran dachten, so zu verenden!

Ich wäre gern ein Ghost-Rider in schwarzer Nacht
Ein Batman, der Seele und den Frieden sichermacht!
Ein Superman der die ganze Welt beschützt –
Ein einfacher Held, der das Licht der Welt erhält!

JUDGE AND PUNISHMENT

Tiefe Stapfen auf meinem Pfad
Schwarz der Stiefel den ich trag
Marschierte durch Dreck und Scheiße
Tränen liefen vor Schmerz, innerlich und leise

So viele Jahre –
Gehe ich durchs Leben
Gerechtigkeit nur ein Wort
Inhalt fragil, weil die Korrupten sich alles nehmen!

Diese Zeilen fangen Feuer zwischen
Judge and Punishment
Ich gieße Benzin in meine Wunden
Bis der Schmerz verbrennt!

Justitia hat die Augen verbunden
Der letzte Stern ist auch verschwunden
Der Mond färbt sich ins dunkle Rot!
Zwischen judge and punish bis zum Tod!

Wer ersetzt mir meine Wunden und Narben
Schnitte auf der Seele seit jungen Tagen!?
Ich bin gebrannt, ich bin am Arsch –
Ich trage den Seelenschmerz, jeden Tag!

WUNDEN GESCHUNDEN

So viele Wunden geschunden
Reichlich dunkler und
Schmerzhafter Stunden
Die habe ich empfunden

Wie erträgt man bloß
So viel Qual und Leid
Voller Pein und das –
In früher Kinderzeit!?

Hat ein schwarzer Stern
Gestanden über mir und hat mich gern?
Die Zeit ist vergangen aber
Die Erinnerung und der Schmerz niemals fern

Der Schulweg und die
Konfirmations-Freizeit
Jeden Donnerstag in der Woche
War die reinste Qual-Zeit

In der Schule so hilflos ich war
Vor dem Sportunterricht –
Ich, nie gerne zu früh
An der Sporthalle war!

Da gab es immer „Kloppe"
Da waren die asozialen Kinder
Fäuste und Schneebälle flogen
Verdammt, wie ich mich noch genau erinner!

DIE HAUPTSCHULE

Die Hauptschule –
Sie war die schlimmste, meiner Zeit
Lange her, doch nicht vergessen
Wie könnte ich auch, geht nicht – NEIN!

Ungerecht behandelt worden
Am Leib, am Körper, Seelenleid gespürt
Drei schlimme Jahre – oh, ja –
Heute ist es Hass, den ich über diese Zeit verspür‘

Ich war, gerade mal 12 Jahr‘
Nie gestritten daheim, Zuhaus‘ mit Fuß und Faust
Dann kam ich in diese Klasse
„Zuchthaus" – drückt es wohl besser aus!

Der Lehrerin vor der Rente stand
Und durch die Asozialen der Klasse
Sie vor dem Nervenzusammenbruch –
Ach, doch längst stand! JA!

Die Schläge und das Geboxte in den Bauch
Ich schnappte nach Luft, dachte der Gar ist aus!
Trotzdem nicht gewehrt – aus Angst –
Der gute Christian, macht sonst etwas verkehrt!

Denn ich war doch der leise und der stille Schüler
Keiner Fliege was zu Leid getan –
Doch ich war die Fliege in der Klasse
Musste all den Schmerz und das Leid erfahren!

2TAUSEND-DREI

Ich erinnere mich noch –
Ganz genau derweil
Ausbildungszeit
Im Jahr 2Tausend-Drei

Abgefuckt und
Jeder Tag einfach immer gleich
Das Lied der Onkelz – LEERE WORTE
Fühlte mich verstanden in dieser Zeit!

Ich habe es mir nie ausgesucht
Außenseiter zu sein oder zu werden!
Man kommt ins Leben –
Frisst das Glück oder läuft auf Scherben!

Mein Leben es begann
Im Nebelgrau
Auch heute ist es manchmal
Noch eine trübe Schau!

LEBENSGEFÜHL UND ZEIT

Ich bin wieder ganz versunken
In meinen Träumen
Bis ganz tief unten –
Träume wieder mal mein Leben!

Ich denke nach
Von Sinn und Wichtigkeit
Über alle Spuren
Meiner Vergangenheit

Ich bin ein unaufhaltsam –
Stetig Reisender!
So rastlos ist die Neugier
Sie brennt in mir unbeschreiblich, kostbar

Wenig Gepäck brauche im am Körper
Nur etwas Kleidung am Leib
Brauche nicht viel Geld
Einfach nur Lebensgefühl und Zeit

Ich bin ein Reisender
Will mich nicht einengen lassen
Von deren Normen, Formschriften
Die ich so sehr hasse!

Ich brauche lediglich
Einen Platz mit Blick ins Sonnenlicht
Weites Meer und Musik dabei
Herrlich schön, ach ist das Leben geil!

GOTTESHAUS

Ich kreise um
Das Gotteshaus
Sehe eine Taube auf –
Dem spitzen Dach des Türmchens drauf
Sie blickt von oben und sie –
Sieht gar friedlich aus

Suche ich etwas?
Wonach es mir zu finden
Verwehrt zu scheinen mag
Das Kreuz der Spitze schimmert
Durch das Sonnenlicht am Tag

Habe ich etwas verloren?
Gar mich selbst –
Oder einen Teil von mir?
Blieb etwas auf der Strecke
Auf dem ganzen weiten Weg bis hier!?

Warum stellen sich
Mir stetig so viele Fragen
Die Zeit verstreicht
Das letzte Gebet –
Liegt unter schon so vielen Tagen

NACH DEM ENDE DIESER REISE

Traurigkeit und
Schlechte Gedanken
Führen mich in die Welt der –
Depression und Tränen

Es hat den Anschein
Alles ging alles unter, in mir
Und es zieht mich runter –
Mit allen Händen zerrt es an mir!

Es ist kein Schauspiel
Der schönen Art und Weise
Schwarze Tränen, Regentrauer
Zu viel Gift und Schleim –
Was für eine riesengroße Scheiße!

Dieser Wandel
Diese Veränderung in mir
Sie schmerzt und beißt, reißt –
Mich mit aller Gier!

Dem Untergang
Fühle ich mich geweiht
Nach dem Ende dieser Reise
Beginnt erneut, wieder diese Zeit!

VERFASST

Dieser Text – Der Inhalt dieser Zeilen
Ist ganz allein für mich verfasst –
Denn der Platz des Glückes und
Die Kreuzung der Hoffnung
Wurde vor langer Zeit schon verpasst!

Ich kann einfach – so schwierig nur
Wirklich glücklich sein
Bin ich krank, nicht ganz gesund?
Freude trauert ach so schön, ganz gemein!

Was kann mir helfen
Was muss denn noch geschehen!?
Um meine Seele endlich wieder einmal –
Im Spiegel lachen, zu sehen!?

So viele harte Winterjahre –
Sind vereist in meinem Herzen
Kühl und dunkel ist der Hauch
Den ich von mir gebe, aus reinen Schmerzen!

Hier ist es trist, finster und dunkel
Kein Licht und keine Zuversicht
Der letzte Funken Hoffnung ist vergangen
Dämmerung, Mitternacht die sich als ~ewig~ spricht!

Ein Leben im Schatten
Ein so großes, einsames Anwesen
Warum befinde ich mich darin!?
Ich wollte doch niemals darin sein!

ANDERS

Was soll ich tun?
Was kann ich ändern
Wenn ich doch nicht wie andere –
Sondern, viel zu ganz anders bin!?

Ich wollte meinen Frieden
Kummer und Leid – sind mir geblieben
Ich war immer da und habe die Hand gereicht
Das war einmal – ja, die Zeit verstreicht

Harte Wege, eine lange Reifezeit
Immer JA und AMEN –
Abgetragen, abgeranzt
Zerfetzt – ich warf weg, diesen Fetzen-Kleid

Jahre vergingen
Nichts kann man zurückbringen
Gelernt und belehrt wurde ich einst
Ein Herz aus Stein, wurde bis heute meins

Die Gefühle, teils gefrorenes Eis
Waren mal gewärmt, doch es ist lang vorbei!
Viel war gut, viel ist gegangen –
Ich war allein, fand meinen Mut und ich –
Habe immer wieder
Ja so oft nochmal –
Von ganz vorne angefangen!

Ich gehe durch den Nebel des Novembers. Keine
Jahreszeit ist für mich trüber und trister wie der Hebst!

Die raue Luft, die feuchten Blätter und die fehlende
Sonne. So wie der Herbst, fühle ich mich oft im Innern.
An manchen Tagen sind meine Gefühle und
Gedanken so matschig und verstreut- wie das nasse
Laub, welches auf dem Gehweg zertreten wird und
anschließend unter Schuh und in der Wohnung
klebt.

Es ist ein Zustand in mir, eine Gefühlsveränderung. Ich
kann nicht einfach sagen „STOPP" „HÖR AUF" „GEH
WEG"!
Wenn es so einfach wäre, wäre ich sicher nicht so
depressiv und negativ eingestellt an manchen Tagen.

Vielleicht bin aus den Gründen auch so; sprunghaft, nie
lange einem Platz, muss immer weiter, immer woanders
hin. Stillstand und feste Gewohnheit bringen mir oft
diese Gefühle.
Selbst im Sommer manchmal. Obwohl es meine Zeit des
Jahres ist.
Sonnenstrahlen, warme Luft. Warme Haut.

Ich sehne nun auch in diesem Moment, wieder den
Sommer herbei. Ich kann ihn kaum erwarten, wenn er
sich endlich wieder warm auf Herz und Seele legt.

IN DER WARTEZEIT

In der Wartezeit
Sie ist der Übergang von
Herbst-Winter Depression
In die gute, warme Sommerzeit!

Ich drehe in dieser Schlaufe
Trübe und triste Runden
Suche nach Wärme im Herzen und
Ruhigen Gedanken, doch bisher nicht gefunden

Die Wartezeit
Eine blöde Zeit, das ist sie definitiv
Sie ist wie, ~ Den Bus verpassen ~
Obwohl ich rannte, gesprintet bin und lief

Dann ist da noch Weihnachten
In dieser kalten, dunklen Jahreszeit
Und die Menschen sind so leer und kalt
Ohne Nächstenliebe und ohne Barmherzigkeit!

Die Depression verkehrt Liebe in Einsamkeit
Freude und Lachen in Trauer und Tränen laufen lassen
Verzweiflung, Ängste, Kummer und Sorgen
Alles ist sie, nur keine Hoffnung auf einen neuen
Morgen!

Die Depression ist wie eisigkalte Schienen
Wie der Stahl im Winter bei Minusgraden
Die Depression feiert ihre Zeit im Ausdruck meiner
Traurig-gestimmten Lebenslage-Parade

SCHWARZ/WEISS BILDER

Ich wandere in Gedanken
Durch eine alte Zeit
Schwarz/weiße Bilder
Rissige Wände, Schritte der Vergangenheit

Heute ist meine Welt, ein klein wenig bunter
Aber nie für lange Zeit
Denn es reißt mich immer wieder und mehr
In den Scheiß von damals rein!

Umrisse und Schatten
Werden wieder sichtbar klar
Dachte wäre längst vergessen
Doch man vergisst nie, was einmal war

Geld hatte ich damals zu gebrauchen!
Denn zu wenig hatte ich genug!
Ein Tritt auf loser Treppenstufe
Rasant und schnell ist geht dieser Flug!

Alles ist immer fein
Solange du hast und geben kannst
Aber wenn du nix mehr hast
Lernst du, wie schnell du fallen kannst!

KEINE LIEBESGESHICHT'

Das Leben ist
Keine Liebesgeschicht'
Jedenfalls –
Nicht für mich!

Die Gedanken daran
Versanken ins Nichts
Wunsch und Illusion
Machte die Realität zu Nicht'

Das Leben ist so
Schicksalsschlag-asozial
Fragt nicht nach dem
Wieso, warum – es ist ihm egal!

Das musste ich erfahren
Beim Tode meiner Liebsten
Im jungen Alter schon – von
Gerade mal 11 Jahren!

Das Leben ist
Keine Liebesgesicht'
Es hat Krallen und diese –
Fuhren schon oft durch mein Gesicht!

EINE LETZTE NACHT

Es schmerzt auf Brust und Lunge
So ein frostiger November!
Nicht gut für meine Bronchien
So wie dieses Jahr, schmerzte es schon lange nicht mehr!

Depressionen und Asthma Bronchiale
Kombination so – VERKACKT und BRACHIAL!
Trübe Stimmung, auf der Lunge beißt's
Ach, weg mit dem Herbst-Winter-Scheiß!

Es pfeift beim Atmen
Kratzt und krächzt
Es schmerzt mir die Lunge
Dieses Gefühl ist leider echt!

Hektik, Pflicht und nur noch Stress!
Haben mir ganz schön zugesetzt!
Will wieder Freiheit und Gesundheit
Mehr Nutzen haben von meiner Freizeit!

Eine letzte Nacht mal durchgemacht
Ist schon langer her
Nicht, dass mir dies fehlt!
aber Gewohnheit macht mich depri, kalt und leer!

GERISSEN & GEZERRT

Am guten Herz wurde
Gerissen und gezerrt
Viel zu spät habe
Ich mich erst gewehrt!

Vom Kummer zerschlagen
Trauer und Wut
Aus Kindertagen die –
Immer noch an mir nagen!

Ich warte auf den
Sommer im Herbst
Und bis die Sonne
Im Frühling schneit

Dass die Jahreszeiten
Die Stimmungen ins
Gegenteil verkehren
Lachen im Winter, Tränen gibt's keine mehr!

Der Kummer klebt wie ein Schatten
Jede Depri-Episode versteckt sich drin
Endlich fröhlich leben
Ist was ich doch so gerne will!

LANG UND OFT

Ich habe lang und oft
Vergebens versucht
Mich zu bewegen, mich zu verdrehen –
Und zu wenden, doch ich scheine verflucht!

Anpassung sie fällt mir
Gar wirklich sehr schwer!
Und die Abneigung sie wächst
Stetig weiter und wird immer mehr

Ich bin kein Format, das man nach –
Belieben bespielt
Ich bin auch kein Automat
An dem man sich so frei bedient!

Meine Nerven sind entzündet
Wollen wie das Feuer brennen
Schwappt der Funken über
Dann fangt besser an zu rennen!

SOMETHING'S STRANGE

Es ist die seltsamste Zeit
In meinem Leben
Meine Welt dreht sich
Aus ihrem Gleichgewicht

Ich könnte weinen und
Auch gleichzeitig schreien
Bin ich doch frei –
Und jede Kette bricht!

Arbeitslos und dazu
Im Trennungsjahr
Lockdown, Corona
Was ein „abgedrehtes Jahr"!

Bin ich ständig und permanent
Nur am Schreiben
Ich nehme alles wahr
Diese Zeilen lindern mein Leiden!

Kurios und total verrückt
Das ist das Jahr 2020
Ich dachte wäre doch geerdet!
Doch reißt es mir denn Boden weg!

In mir ist es echt recht komisch
Seltsam zu beschreiben
Scheint nicht meine Welt –
Doch ich will hierbleiben!

IN STERNENKLARER NACHT

Ich ging durch die Hölle
Durch das Feuer, durch das Eis
Was ich alles durchgemacht habe
Ist was von euch keiner weiß

Ich wollte auf den Bühnen stehen
Alle meine Texte singen
Der Junge, der aus dem Nichts kam
Wollte es zu etwas bringen!

Herzgefühl legte ich in −
Alle meine Texte rein
Scheinbar ist mir im Leben nix genug!
jetzt sitze ich hier und weine allein!

Waren meine Träume größer
Als der Glaube ans Gelingen
Was habe ich denn schon erreicht außer −
Ein paar Bücher rauszubringen!?

Schwarzverbrannte Träume
Steigen auf in sternenklarer Nacht
Es bleibt Staub aus 15 Jahren
Die Glut des Feuers, wird langsam ausgemacht!

Was habe ich denn, so Großes schon erreicht?
Mein größtes Glück − mein Kind im Leben!
Ist das Ende meiner Träume
Der Beginn von meinem Leben!?

Keiner weiß –
Was ich für Schmerzen fühlte
Und in wie vielen Flammen
Ich schon stand und auch verbrannt'

Dieser große Traum
Vom Gelingen
Ich habe nix!
Nur ein paar Bücher rauszubringen!

Keiner fühlt das Brennen
Ganz tief in mir drin
Bin jetzt alles am Verlieren
Steckt darin etwa der Sinn!?

Ist dies hier womöglich
Selbstzerstörend?
Es ist wie es ist –
Meine Karten sind am Tisch!

ZWISCHEN AUFGEBEN UND DRANBLEIBEN

Mein Leben steht auf dem Kopf
Der Rhythmus im Knock-Out
Große Träume, nichts erreicht
Ich stecke fest in meiner Haut!

Dunkle Zeiten sind vertraut
Dunkel ist mein Zuhaus'
Keiner macht mir mehr –
Das Licht noch aus!

Sowie die Euphorie
An Fahrt gewinnt
Haucht auch der Zweifel
Durch so manchen Wind!

Was kommt –
Das wird es zeigen und gar entscheiden
Zwischen
Aufgeben und dranbleiben

Das sind die zwei Gesichter
In mir, dem Autor und Mensch zugleich
Vielleicht zu hoch gesetzte Ziele
Doch ich wollte was erreichen!

GESUNDE LEBENSERWARTUNG

In den letzten Wochen
Ist mein Kopf so schwer
Druck auf der Brust –
Gedanken kommen und verpissen sich nicht mehr!

Ouh! Ich bin das alles so leid!
Weiße Fahne! Ich kann nicht mehr!

Mir fehlt die Luft zum Atmen
Ein freier Kopf zum Leben
Gedanken sie stauen sich
Da ist einfach kein Platz mehr um zu denken!

Habe die Freude an so vielem mittlerweile
Echt total verloren!
Ich leide, krampfe – ich schreie
Ich laufe, renne – atemlos suche ich das Freie!

Mir schmerzt der Nacken
Die Schultern, die Brust!
Schwindel nehme ich wahr
Kenn es doch alles schon, lange Zeit bewusst!

Verkrampfte Lebenshaltung
Bin am Arsch der freien Gestaltung
Weit, wirklich verdammt weit entfernt
Jeglicher gesunden Lebenserwartung!

VEDROSSEN

Der Tag hat viel zu wenig –
Stunden für mich
Acht davon sind vergeudet
Ich weiß, du siehst es so nicht!

Ich habe schlechte Laune
Alle Gemütlichkeit ist verdrossen
Ich habe die schlechte Laune doch –
Schon oft erschossen und mehrmals getroffen!

Ich bin nicht glücklich
Wenn ich nicht frei mein Werk machen kann
Literatur, Kunst und Schreiben
Ist alles, was ich will und kann!

Immer wollte ich doch
Der gute Mensch hier sein
Doch Regeln, Zwänge
Die engen mich bloß zur Aggression nur ein!

Ich bin ein Künstler mit freiem Geist
So sehe ich mich – doch nur Perlenscheiß!
Das ist der Unterschied von dir zu mir
Verstehen wirst du dies, niemals hier!

TRAG DOCH NICHT IMMER SCHWARZ

Ich sehe kein Licht
Kein Licht in mir drin
Kein Licht das scheint, es ist so finster in mir
Selten nur, dass die Sonne hier mal scheint

Düster und dunkel
War es die meiste Zeit auf meinem Weg
Nur die Schatten waren dunkler
Bei jedem Schritt, den ich heute noch geh'

Jahre zogen daher
Wie verbranntes Land
Zu ernten gibt's nix mehr!
Ich stehe hier mit leerer Hand!

Und sie sagen zu mir –
Trag doch nicht immer schwarz!
Zieh doch mal Farbe an
Doch schwarz und weiß ist alles was ich will und kann!

Hättet ihr erlebt
Was ich erleben musste –
Doch ihr habt keine Ahnung!
Nichts von dem ihr jemals wusstet!

Heute trage ich schwarz und auch manchmal weiß
Weil ich nicht vergesse, was ich erlebte, was ich weiß!
Meine Lyrik, sie führt mich, auf zu neuer Epoche
Schwarz auf weiß so stehts, so wird's auch hier
gesprochen!

LEERE VERSPRECHEN

Ich kann doch nichts dafür
Dass es in mir so kalt und finster ist

Geh' zum Therapeuten
Seele mal durchleuchten
Ich wurde wie ich bin,
Wegen zu vieler beschissenen Leute!

Die Jahre dieser Addition
Sind heute Summa summarum
Schreibtherapie für meine Seelenwelt
Ich schwimm als Fisch im Aquarium

Eingespannt, hilfsbereit und charmant
Ihr wolltet allen Nutzen aus mir, ich habe es erkannt!
Schon als kleiner Junge habe ich gelernt
Leere Versprechen, die man allzu gern erzählt!

Die Versprechen waren –
Gar nicht das Problem
Doch voller Hoffnung und Freude am Ende –
In diesen trostlosen Tränenflammen stehen!

Früh habe ich lernen müssen
Es sind leere Worte, die manche Lippen küssen
Vieles versprochen, hinterher gebrochen
Jetzt wundert ihr euch, warum bin ich so geworden!?

SCHAF UND WOLF

Ich trete wie ein Schaf –
Auf leisen Wegen
Es ist das kleine Glück
Will Seel' und Herz bewegen

In Frieden war der Antritt
Doch immer mein, so gestimmt
Aber das Schaf so für dumm erklärt
Also wurde das Schaf, zum Wolf geschwind!

Heute lese ich zwischen den Zeilen
Mit scharfer Zunge ich auch schreibe
Aus Mitleid und Mitgefühl
Wurde für dumme Leute ein Kaltgefühl!

Habe nur noch Herz für Menschen
Die so sind wie ich und auch schwere Wege gehen
Ich weiß wie es ist, wenn man –
Vom Schaf wird zum Wolf um zu überleben!

Schaf im Wolfspelz
Vom Lamm zum Alpha, hartes Brot
Doch meine Zeit war ja schon immer
Dunkelheit und Abendrot!

AUSSCHUSS

Ausschuss der Begriff
Seit der Ausbildung –
Mir schon in Erinnerung ist

Ausschuss, Ausgestoßen
Miese und Pleite
Alles was anders ist, kehrt man gern
Zur Außenseite!

Von der Außenseite
Da komme ich her
Seit der Kindheit an –
Der Weg war einsam und schwer!

Doch ich fand Mut des Weges
Voller Kraft getankt durch die Musik
Verliebte mich unsterblich in die Sprache
Bücher, Reime, Texte, alles zeichnet mich

Ich bin gerne euer
Ausschuss
Allein auf der Außenseite
Ausschuss

Hier kann ich sein und bleiben
Was ich, wie ich, wo bin!
Ein Gefühl von wahrer Freiheit
Mehr bedarf es gar nicht, was ich will!

Ein Stück vom Leben
Gedichte und Poesie

Bonusmaterial

Ein Stück vom Leben
Bitte verzeih
Gegen die Zeit
Durch das Jahr
Dieses Stück Papier
Anschrift: MEIN LEBEN
Die Raketen krachen
Eine Flasche voller ~Glüxstoff~
Herbstverliebt
Polarnacht
Eigentlich gewohnt
Wie wären wir so frei

Ein Stück vom Leben

Auch diese Zeilen
Sie beschreiben
Wieder ein Stück
Von meinem Leben

Es sind Ausschnitte
Und auch Schritte
Von allen, von meinen –
Ganzen Wegen

Hier stehen die –
Siege und die Niederalgen
Alles erlebte Momente
Aus ganz vielen Tagen

Alles in allem –
Ist es ein buntes Leben
Alles was man erlebt
Bringt doch erst Farbe ins Leben

Bitte verzeih

Man sagt, das Leben schreibt –
Es schreibt die besten Zeilen
Doch ich sage, es ist gelogen!
Keine Zeit wird Wunden heilen!

Auch dieser Vers fährt mir ins Herz
Vielleicht verdient, ist dieser Schmerz!?
Verzeih, bitte verzeih –
Ich wollte dich doch nie verletzen
Und dir wehtun, ganz und gar nicht!

Ich höre so oft in mich hinein
Der Ruf meiner Seele, sie will frei sein
Das ist der Preis, den ich wohl bezahl
Ein Künstlerherz, kann man nicht fang'

Nichts lastet so schwer
Auf dem Herzen, mein –
Wie gefangen im
„So muss es sein" – zu sein!

Ich bin der Freigeist
Mich treibt der Ruf
Des frei-seins
Ich höre in mich hinein, frei-sein!

Mein Herz es blüht
In der weiten Freiheit auf
Der Puls, er schlägt euphorisch
Im Zeit-Ausverkauf!

Meine Seele sie ruft
Nach dem – Frei-sein
Leider kann ich diese Stimme nicht
verstummen, sie ist zu tief in meinem Sein

Ich kann diesem Ruf –
Mich nicht widersetzen
Denn es nimmt mir sonst mein Leben
Reißt mein Lebensgefühl in sämtliche Fetzen

Gegen die Zeit

Ich habe Lust auf neue Dinge
Stecke auch voller neuer Ideen
Doch Gefühlsblockade ist aktiviert
Parallel zum Geschehen!

Die Ferne ruft mich, doch –
Ich brauch noch etwas Zeit
Bin etwas am Vermissen, mit
Sehnsucht, beginnt der Aufbruch zugleich

Es fällt mir wirklich schwer
Diese beiden Realitäten zu trennen
Gieß ins Feuer nun Benzin
Und sieh' und spür' die Flamme brennen

Einst vertraut, ist nun fremd
Auch gleichschnell dreht der Zeiger die Zeit
Doch warum erscheint es mir –
Als müsste ich rennen, gegen die Zeit!?

Es hilft nur eins gegen die Zeit
Zeitlos werden! Und zwar alle Wege weit!
Ich halte alle Zeiger an, für alle Zeit!
Nur auf der Haut die Spuren, sie bleiben!

Durch das Jahr

Ein neues Buch, neues Jahr
Zum Beschreiben wieder leere Seiten
Frische Zeilen dich mich durch –
Die neue Zeit begleiten

Ich klopf' den Staub vom
Herbst und Winter ab!
Freue mich auf den Frühling
Neues blüht, ein frisches Blatt!

Entgegen meiner
Träume und Ziele –
Sehnsüchte und Wünsche
Auf die Momente der Gefühle!

Dies ist ein Gruß ans neue Jahr
In dem wird, was bisher nicht war!
Ich versuche das Glück zu küssen
Ohne dran zu denken, weiter zu müssen!

Ich will den Sternenstaub pusten
Mit voller Kraft ins Grüne
Alles was ich will ist –
Leben, atmen, spüren, fühlen, berühren!

Lebensnah am Lebenshauch
Im Herzen zufrieden, Hoffnung im Bauch
Ich erfülle meinen Lebenstraum
Will von den Sternen aufs Ende schauen

Dieses Stück Papier

Ich laufe durch die Straßen
Vorbei an meiner Lieblingsbar
In der, habe ich so oft an dich geschrieben
Ich denk' zurück wie's mit uns war

Jetzt geh' rein, ich tret' ein –
Setz' mich hin und bestell ein Bier
Während ich dir diesen Text schreib'
Fällt sogar eine Träne aufs Papier

Einen Moment, den sitze ich so –
Ganz still da
Und ich frage mich wie geht's dir
Ist bei dir alles klar!?

Soll ich's tun, soll ich's riskieren
Schicke ich dir, dieses Stück Papier!?
Damals hat das mit uns –
Mich echt ganz schön zerrissen!
Doch so weit wie es du es damals warst
Bin ich auch heute – man lass' uns trefen!

Habe noch so viel zu sagen
Auch nach so viel Jahren –

Ich hatte meine Sehnsucht
Echt im Griff
Warum denk' ich
Nun an dich!?

Es ist verrückt
Doch so ist das Leben
Man kann
Sehnsucht nicht erklären!

Der letzte Schluck
In meinem Glas
Ich setze an, stehe auf
Hey das wars!

Ich geh' raus
Werfe den Brief wieder weg
Denk' mir hat doch –
Sowieso kein' Zweck!

Er landet im Restmüllabfall!
So wie doch – bei jedem Mal!

Anschrift: MEIN LEBEN

Der nächste Umzug, ich sortiere
Alte Sachen aus

Mir fällt ein Brief in die Hände
Verfasst ist er mit Tinte
Er ist noch von dir
Ich bewahrte ihn wohl auf

Ich habe neu angefangen
Ein Stempel ist auf...

...Der Anschrift: MEIN LEBEN – drauf
Ich lese kurz die Zeilen durch
Trockene Kehle und Gänsehaut
Der Inhalt ist mir immer noch vertraut!

Ich habe viel versucht
Umzug um Umzug

Wirklich versucht, dich zu vergessen
Doch dein Bild in mir
Ganz tief in meiner Seele hier
Hatten doch auch eine schöne Zeit besessen

Ich packe weiter
Doch die Gedanken...

...Sind nun plötzlich wieder bei dir
Ich musste neu beginnen
Doch frage mich nun
Wie geht es dir?

Die Raketen krachen

Wenn das Fieber
Nicht mehr in mir brennt
Habe ich gesagt, habe ich geschworen
Dann wird's Schreiben eingestellt!

Eine neue Zeit-Rechnung
Sie beginnt
Zeit zum Leben, wofür die Zeilen
Doch geschrieben sind!

Der Kopf ist permanent –
Gepackt, so voll und schwer
Ich will weg ins Traumland
Ohne Reise einer Wiederkehr!

Ich lasse allesamt
Sack und Pack zurück!
Alles was ich brauch
Trage ich im Herzen mit mir mit

Ich will frei sein
Wie der Falke im Wind
Ein Leben am Fjord und Meer
So rau sein, wie die Wellen es sind!

Ich lasse die Raketen krachen
Nehme all die guten Sachen
Lege sie tief in meine Seele
Sind dabei, wohin ich mich bewege!

Eine Flasche voller ~GLÜXSTOFF~

Gibt es eine Flasche
Voller ~Glüxstoff~?
Von dem Glück
Welches auch auf ewig hält!?

Ich trinke einen Schluck
Vom Zündstoff
Der mir jede Dunkelheit
Ach, so schön erhellt!

Ich fühle mich frei
So federleicht –
Ich schwebe nun durch
Den Raum in dieser Zeit!

Einen kleinen Tropfen
~Glüxstoff~!
Er soll bleiben für –
Wirklich lange Zeit!

Soll im Herzen
Flammen entfachen
Soll mir warm, das Licht –
Im Dunkeln machen

Herbstverliebt

Es ist ungemütlich, nass, kalt und grau –
Da draußen, wie es auch in mir ausschaut
Doch bei aller Liebe ich werde
Dem Herbst niemals vertraut

Mein Gemüt ist so –
Manches Mal betrübt
Doch ganz gleich wie es mir geht
Ich bin niemals herbstverliebt!

Welke Blätter fallen
Von den Bäumen herab zu Boden
Färben sich von gelb zu braun
Kommen in die Tonne

Sie sind verlebt
Man entsorgt sie im Müll
So wie ich einst meine Texte entsorg
Ich warte auf die Sonne

Ich bin niemals, nein niemals –
Herbstverliebt, vielleicht ähneln wir
Uns zu sehr und tief, ich bin niemals
herbstverliebt!

Polarnacht

Wurzelkraft des
Stammes Baum
Fest verankert tief im Kern
Der Wunsch und Traum

Mit der
Kraft des Sturmes
Durch die
Windeseile

Fest jeder Stein
Und jeder Fels
Nächster Schritt folgt
Nach dem einen

Entlang den Sternen
Zur Mond- und Sonnenlaufbahn
Aufsteigen am Horizont
In der Polarnacht wieder zu Erde fahren

Mit Silberflügel schlagen
Am rosavioletten Firmament
Flügel ausbreiten
Wenn der Tag im Abendrot brennt

Eigentlich gewohnt

Es ist echt seltsam
Dass deine Nachricht für mich –
Auch mich erreicht hat
Doch ich bin's gewohnt
Dinge passieren ja immer dann –
Wenn man es gerade nicht leicht hat!

15 Jahre ist das her
Es blieb nur ein Stück Papier
Nie gesehen –
Nie gesprochen
Hey, du – wir sind
Ins Leben aufgebrochen

So verstreichen all die Jahre
Auf das Gewesene
Auf das was da war
Auf alles was kommt
Auf den Wechsel
In ein neues Jahr!

Wie wären wir so frei

Wie wären
Wir so frei
Ohne Gedanken an Geld
Ohne Existenz-Ängste
Ohne Sorgen durch den Tag

Mit Freude auch
An die Dunkelheit
Ohne Grenzen
Leben

Diese Gedanken
Sie sind schön
Und tragen Freiheit
Sie sind auch somit
Ein Stück –
Ein glückliches Stück
Vom Leben

Christian Hofmann
Geb. 5.3.1986 in Biedenkopf bei Marburg.

„Jeder Mensch hat seine Momente voller Licht und die voller Schatten, aber nicht jeder, traut sich, sich dem Schatten zu stellen"
Christian Hofmann, Winter 2020

Ein Buch bestehend aus Provokation- Konfrontations-Kommunikation

Beschriebene Darstellungen von mehreren
Seiten zu betrachten -
Auch dies ist Kunst!

In der Kunst besteht die Freiheit, in welcher
alle Kunstschaffenden ihre;

Gedanken, Gefühle, Kritik, Wahrnehmung,
Äußerungen, Empfinden ausdrücken können.
Es geht auch dabei darum, die Hörenden und
Lesenden zu erreichen um zum Nachdenken
anzuregen – und dies kann manchmal recht
dunkel und düster sein...

Herzliche Grüße

Christian Hofmann

Inhaltsbeschreibung/Kapitelübersicht

TACHELES

Der Schmerz
Ja der Schmerz, er lässt die Gedanken kreisen
Gedankenrotation zwischen
Geld haben, haben müssen, keins besitzen

Den Reichsten dieser Welt
Reicht das Geld reichlich aus
Doch warum wurden Reiche reich
Aus diesem Gedanken finde ich nicht raus!

Reiche leben auf die Kosten der Armen
Die Armen haben meistens keine große Wahl
Aber wer bestimmt, wo arm und reich beginnt!?
Ist es logisch und ich sehe keinen Sinn?

Fußballspieler, Schauspieler, Politiker
Wirtschaftsindustrie, gezüchtete Musikstars
Eine Zucht zur Unterhaltungsblödelei
Wir unterstützen diese Scheiße, mittendrin statt nebenbei!

So viele haben diesen Braten einst gerochen
Also wird manipuliert, geschmiert, bestochen
Und plötzlich kommen Personaldienstleister als
Vermittlungspropheten aus dem Wirtschaftszweig
gekrochen!

Armut, Elend, Kindertod
Weltnachrichten, sind am Berichten
Alle wissen es, doch niemand ändert etwas dran
Die Lage der Welt, der Gesellschaft, ist doch allen bekannt!

BRÜCKEN

Brücken werden nicht zum Wohle
Einer Überbrückung für die Bevölkerung gebaut
Sondern, Brücken werden gebaut
Damit man die Kontrolle noch besser überschaut

Online-Banking, Bonus-Karten, Sammelpunkte
So wird der gläserne Mensch gemacht
Handy, Online – Standortübermittlung
Browser, Banken, Regierungen, haben sich das ausgedacht

Cookies setzen im Internet
OK, JA, alles akzeptieren, so ist es gut
Was die Medienwelt uns doch alles
So schönes und dienlich tut

Wir sind gläsern, wie nie zuvor
Schau weiter aufs Smartphone
Halte fleißig still und zu, die Tür und dein Ohr
Alles was du wissen musst, bringt dein
Blink-Blink-Gerät dir schon hervor!

364 Tage herrscht hier Krieg
In Form von Psycho, medial, digital, aber total
Doch am Tag 365, wenn es knallt und leuchtet
Am Himmel so weit, dann ist alles wieder scheißegal

Dann wird wieder pseudo – dieses Leben gefeiert
Und am 1.1. wird dann wieder weiter geeiert!
Gute Nacht und frohes neues Jahr
Alles beim Alten, es bleibt immer wie es war!

4 GESTALTEN

Da im Schatten lauern 4 Gestalten
Sie bringen den Tod
Die Namen die sie tragen, heißen –
Habgier, Sucht, Leid und Not!

Sie treiben sich gern herum
In des Menschen Nähe
Treten ein und hinterlassen
Tränen und Menschenleere

Sie sind arg listig und
Verkleidet noch hinzu
Ist ein Mensch wieder verfallen
Schnappt das Gift der Falle zu!

Hämisch und verachtend
Lachen sie sich in ihr Fäustchen
Nach den Menschen schmachtend
Sind sie ganz arg am Täuschen

EISIGKALT

Dieser Winter ist noch kälter
Als der letzte es schon war
Das Bild ist immer noch dasselbe
Doch ich schaue es nun anders an

Oh der Frost er ist –
So eisigkalt
Bricht mein Herz und
Zerfrisst mich in Gestalt

Die Glocke schlägt
Zur letzten Stund'
Herz und Nieren sind
Aufgerieben und ganz wund!

Dass ich fühle –
Was ich hier so beschreib
Dafür kann ich nichts und das –
Tut mir auch sehr weh und leid

Ich schreibe wieder mal von der Straße
Alles was ich sehe, direkt vor meiner Nase!
Bettler und Obdachlose, sitzen am Straßenrand
Der Fetzen Kleidung, ist das Gewand

Sehe traurige Gesichter
Wahrlich nicht mehr lebensfroh
Sie hängen so hier und da –
Und auch am kalten Bahnhofsklo!

PROVOKANTER

Verdammnis, Empfängnis
Fehlschlag gehört zum Leben, also macht nichts!
Bestrafung, Gefängnis
Totschlag halb so wild, Steuerbetrug gibt lebenslänglich!

Dies wird gesendet von deutschem Boden
Hinaus in die ganze weite Welt
Sag wem die Scheiße hier
Denn wirklich noch gefällt!?

JE PROVOKANTER – DESTO BEAKNNTER!
Das ist kein Fluch
Und auch kein Spruch, es ist die Wahrheit
Die du erst noch blicken musst!

Versteht diesen Satz nicht falsch!
Wer hier froh ist, in Deutschland zu sein –
Und dies auch so spricht und sagt
Dem dichtet man an, ein Nazi zu sein!

Doch ich liebe die ganze Welt
Bäume, Wälder, Tiere
Alle Farben!
Die jedes Vorurteil erhellt!

PROVOKATION - ist mit scharfer Zunge –präzise, geführte
Kommunikation! Überhöhte Mieten, Leiharbeit,
Sklavendienst - Wirtschaftliche Perversion
Ist der Tod der Sozial-Zivilisation!

UNNÜTZ VON TRÄUMER

Das Leben gibt mir nicht
Wonach ich suche
Ich bekomme bloß
Was ich niemals brauche

Ich habe nun mal große
Träume und Ziele
Halte an ihnen fest
Weil ich an sie glaube

Ich wäre gerne anders
Doch mein Inneres –
All die Gefühle
Lassen es einfach nicht zu!

Ich bin scheinbar nur
Ein Unnütz von Träumer
Vielleicht stößt mir die Hölle
Die Tür nicht vor der Nase zu!

In Schandtat lebe ich nun wohl
Trennung, Scheidung – Verstoß jeglicher Norm
Zum Entsetzen der gesellschaftlichen
Scheinheiligen christlichen Form!

Dabei heißt es ja, Gott liebt alle
Seine Kinder gleichermaßen
Doch ich bin jetzt der Sünder schlechthin
Behandlung bekomme ich nun in zweierlei Maß!

DIE HÖLLENHUNDE

Ich befahre finstere Straßen
Zur Stunde der Mitternacht
In den Wäldern, die Bäume schlafen
Wenn mein Herz zum Schlagen erwacht

Während fern Armeen
Böse Pläne schmiegen
Zum Aufruf in die Schlacht –
Will ich in Sicherheit zu dunkler Stunde wiegen

Und ich werde dafür
Für den Frieden kriegen!

Und vielleicht holen mich
Die Höllenhunde
Wenn gekommen ist –
Meine letzte Stunde

Ich bin Verräter, Schwur gebrochen
Schande in Haut und Knochen!
Hab des Friedens Platz selbst zerstört
Der Platz die Hölle, wo ich vielleicht hingehör'

Schande gebracht
Über mich und mein Haupt
Versprechen gegeben
Für die man mich nun mit bösen blicken anschaut

Für die Gemeinde, für die Kirche –
Für all den Hokus-Pokus-Normen-Glauben
Ich war ein schlechter Mensch, Eheversprechen
Gebrochen, vielleicht ich ja in der Hölle brenn'

LÜGENTISCHE

Meine Augen sehen alles
Mal zwei
Ich glaube nicht jeder Lüge
So glatt und blind!

Ich decke alle –
Wahrheit auf
Die unter den Lügen
Begraben sind!

Ich rolle durch das Land
Mit dem Panzer auf der Suche
Nach miesen Intrigen
Rolle alle Lügen platt
Bügel sie dann stets zur –
Wahrheit glatt!

Alle zungenscharfen Arsenale
Wörter gehen auf Schriftzug
Globale-radikale Lügentische brechen
Keiner soll mehr Hetze sprechen!

Ich habe null Bock auf diese
Verschissene Gesellschaft
Für bunte Farben in Todeslagen
Fehlt mir jegliche Vorstellungskraft!

GLÜCKSSPIELE

Ganz gleich ob Karten
Oder Würfelspiele
Es geht um Himmel und Hölle
Tod und Teufel, es sind Glücksspiele

Die Gefahr der Sucht
Und die nach Gier sind verbunden
Der Teufel sucht und gibt erst Ruhe
Wenn was er will, hat auch gefunden!

Die große, unwiderstehliche
Verführerische Lotterie
Teufelswerk, volles Programm
Der Teufel sitzt auf seiner Hierarchie

Alkohol in Übermengen
Missbrauch statt nur Genuss
Ist teuflisch, dämonisch –
Menschen verführen zur Lust und in die Sucht!

SPIEL!
SAUF!
SPIEL DU SAU!
LOS UND SAUF!

Der Teufel fordert dich auf
Das Spiel beginnt, er fordert dich heraus!
SPIEL! SAUF!
LOS SPIEL! DU SAU!

DEUTSCHLAND

Ich bin geboren in
Deutschland
In einem Land voller
Wohlstand

Als Kind schon litt ich unter
Angst und Depression
Schnauze halten, funktionieren
Wie die Kinder es alle tun!

Tränen weinen verboten!
Dafür gab's mein Gesehen werden
Auf die Fresse –
In den Schulen

Das hier ist mein Heimatland
In dem ich bis heut noch keine Heimat fand!
Außenseiter seit je her, Leiarbeit, Schulden dann
Ja man, das ist Deutschland!

Fehler die ich machte
Sah ich ein und ich bezahlte
Doch hast du erst Scheiße am Hacken
Hörst du die da oben lachen!

Ich lebe in Deutschland, schon seit dem Stundenplan
Und dem Unterricht wo deutsch stand!
Die Depression macht mir zu schaffen, denn es gibt keinen
Stopp-Knopf, keine Pause, kein ~kannst du es mal lassen~!

DIE NEUGIER DER NACHBARN

Neugierige Nachbarn
Haben kein eigenes Leben
Wollen wissen – wissen müssen
Zum Tratschen und zum Reden

Das eigene auf Erden Sein
Ist doch so von langer Weil'
Also Neugierde stillen
Wie dumm kann ein Mensch denn sein!?

Nachbarn!
Nachbarn!
Kehren vor den Türen
Aber nicht die ihnen selbst gehören!

Nachbarn!
Nachbarn!
Wollen wissen, alles was sie nichts angeht
Der Besen der, nicht am eigenen Hofe fegt!

Für diese neugierige Sippschaft
Ist dieser Text der Nachbarschaft
Wut, Hass und Schmerz –
In mir steckt ein dunkles Winterherz!

Tief der Schmerz und
Lange erfüllt die Wut
Einst schon gebrannt
In der heißen Höllenglut!

HERKUNFT

Was wäre gewesen
Wenn –
Ich anders groß geworden wäre
Als ich es bin!?

Fragen meiner Herkunft
Fragen über mein Sein und Sinn
Hat der Teufel geschlafen –
War Gott auf meinen Wegen wo ich bin!?

Schiefe Bahnen, Seitenwege
Über Schotter, Kies und durchs Feld
Meist war mein Weg doch geteert –
Doch dies versteht sich nicht von selbst!

Wer wacht meiner Wege
Auf denen ich mich bewege!?
Wer ist da bis zu letzter Stunde
Wer ist gegangen in der letzten Runde!?

Ich weiß zu schätzen was ich habe
Glaube ich zumindest doch zu wissen
Trotzdem, reißen der Narben Wunden-Stiche
Teufel verdammt! Los verpiss dich!

CHRISTKIND

Das ganze Jahr über fallen Bomben
Es wird scharf geschossen
Es hagelt Kritik, die Munition ist scharf
Bei Mord und Tod, werden die Augen verschlossen!

Wohin man sieht, es herrscht ein Krieg
Politik, Wirtschaftszweig und Industrie!
Zeitarbeitsunternehmen, die tollen Personaldienstleister
Missbrauchen und schrotten ihre Sklavenarbeiter!

Großkonzerne mit Onlinehandel
Fressen und verspeisen sich wie Haie, was eine Schande!
Fluggesellschaften gehen Pleite –
Bekommen Geldspritzen, Politik steht doch gern zur Seite!

Kriege auf der ganzen Welt
Wer hat schon wieder und wer noch nicht bestellt!?
Kinderarmut, Obdachlose, Penner, Streuner und Zigeuner!
Kinderschänder, Menschenhändler, verkaufe nur für teuer!

Und zu Weihnachten in jedem Jahr
Alle Jahre wieder kommt das Christkind vorbei
Wenn die Stadien leer sind, Unterhaltung ist ganz still
Leise rieselt der Schnee in die Nasen, Betäubung die ein
Jeder doch will!

Und vom Heiligabend bis zum 2. Weihnachtsfeiertag
Herrscht diese schöne künstlich erzeugte, Besinnlichkeit
Doch die Finger schon am Hebel und an den Knöpfen
Die Show der Gefühle dann vorbei, prasselt es wieder
herrlich schön gewohnt laut und grell weltweit!

DILEMMA

Differenzen in einem wahren Dilemma
Es gibt Verlierer und es gibt Gewinner
Ein Dilemma ist –
Wenn die Kasse leer ist

Wenn der Mensch nicht mehr konsumiert
Kommt eine Flaute, der Umsatz ist dezimiert
Eine Schande für die Wirtschaftlichkeit –
Sozial und Moral!? Komm nicht mit Barmherzigkeit!

Das wahre Dilemma
Erkennt nur ein Experte, ein Finanzen-Kenner!
Wenn der Mensch nicht mehr konsumiert
Wird der Betrag vom Haben, immer weiter minimiert!

Leute kauft!
Kauft mehr als ihr doch wirklich braucht!
Egal ob andere etwas oder nichts bekommen!
Kauft! Kauft! Kauft! Füllt die Dilemma-Kasse wieder auf!

Leute kauft!
Kauft doch alles, auch was ihr nicht braucht
Egal ob ihr habt im Überfluss oder für nichts Gebrauch
Wir wollen euer Bestes, gebt alles aus!
Kauft! Kauft! Kauft!
Füllt unsere reichen Kassen noch mehr auf!

Alles gibt's im Überfluss
Kauf! Dann bist du nicht mehr im Verdruss!
Kauf! Kaufen macht doch glücklich dich –
Und noch reicher und reicher, haha – macht es mich!

POLITIK UND WIRTSCHAFT EINFACH ERKLÄRT

Das Treiben der Politik
Und der Wirtschaft ist einfach erklärt
Merken sie selbst in diesen Zeilen
Ist gar nicht so schwer!

Verbrecher und Betrüger
Sie regieren das Land
Gewissenlose und Marionetten
Sind die ausführende Hand

Gesetze und Verordnungen
Dienen lediglich dem Wohlstand der Regierenden
Der Rest im Land – unten in der Nahrungskette
Also wir, wir sind die Akzeptierenden!

Ein Hilfsmittel, verlockend schön –
Das ist die Wirtshaft, die große Industrie
Sie besticht und schmiert sehr intelligent –
Die Verbrecher und Betrüger wie lang noch nie!

So fügen sich also Verbrechende und Bestechende
Denn, gleich und gleich gesellt sich gern
Egal ob im Inland, im Gremium Global, nah und fern!
Deine Tasche, meine Tasche, unsere Tasche – letzten Endes
Ist es eine große Gemeinschaftskasse!

Jetzt kommt der Bürger ins Spiel – als Bauernopfer
Als Sklave oder Knecht, Vatersaat ist jedes Mittel recht!
Den Bundessklaven häuten, ausbeuten und manipulieren
Jeden Tag aufs Neue, gibt ja so viele von ihnen!

WÄRE ICH DOCH EINE MISTGEBURT!

Ich bin ein mittlerer-Durchschnittsbürger
So würde ich mich bezeichnen und betrachten
Muss arbeiten, malochen, gerne mich verbrauchen
Um zu, ~wie das Geld an alle weggeht~ – achten

Ich will keine böse Zunge sprechen, aber mein Geld
Was ich zur Entlohnung doch erhalte –
Wird wie folgt; an Versicherung, Miete, Strom, Unterhaltung,
Auto, Steuern, überallhin - nur nicht an mich verwaltet!

Nun, dies macht mich etwas unfroh
Und wie sag ich es am besten, ich probiere es so
Ich erkenne leider das System, in dem ich lebe
Arbeiten für Vaterstaat, soll ich tagtäglich gehen!

Ich diene für Erträge der Arbeitslosenversicherung
Rentenversicherung, Sozialversicherung, der Steuer für
KFZ- Haftpflicht und Mehrwertsteuer noch hinzu!
Miete, Strom, Heizkosten und Wasser, ach je, nanu!

Ich erkenne und rechne mit meinem möglichen
Menschenverstand – das ist eine Rechnung die geht für mich
Nicht sehr wohl auf, für den Bestand, dass ich hocke auf der
Arbeit 8 Stunden plus am Tag, meinem Lebensverbrauch!

Ich hätte es doch wahrlich leichter, wäre ich nur
Eine dankbare Mistgeburt!
Mit den besten Gedanken und Absichten für meinen lieben
Vatersaat, die macht und tut und einfach ohne –
Denken, Sprechen, Fragen, Sagen – einfach nur spurt!

APPS

So viele Apps
Die jeder hat, doch keiner braucht
Ist wie lachen über einen Scherz –
Den man gehört hat, schon zuhauf!

Die Unterhaltungssoftware
Rationalisiert den Menschen auf
JA, NEIN, BLINK, VIBRIER!
Fast schon wirkt der Mensch, wie dressiert!

Du musst ~ haben
Du musst ~ brauchen
Du musst ~ gehen
Du musst ~ kaufen

Du sollst ~ nicht denken
Du sollst ~ nicht fragen
Du sollst ~ nicht sprechen
Du sollst ~ tun was sie dir sagen!

Apps am Blinken hier
Vibrier-Töne dort und da
Smartphones und das Spieleparadies –
So einfach den Menschen zu kontrollieren, war es noch nie!

Cookies setzen, klar zur AGB
Kontodaten, posten – auch wenn ich aufs Klo dann geh!
Geostet, geteilt, gib ein LIKE!
Was bringt uns eigentlich, dieser ganze Scheiß!?
Außer wertvollem Lebens-Zeit-Vertreibt!!!

FREUNDESKREISE

Es gibt Freunde
Fest verankert im Freundeskreise
Dann gibt's Menschen
Die wollen Freunde heißen

Lächeln dir ins Gesicht
Hinter deinem Rücken man dann spricht!
Falsche Leute!
Fern von jeglicher Loyalität –
Haben lediglich nur
Klospülung-Qualität!

Neid und Missgunst
Verformt und entstellt
Sind diese Gestalten
Grinsen frech dir ins Gesicht
Als wäre alles –
Noch so wie beim Alten!

Freundeskreise und
Freundesscheiße!
Kleine aber feine Unterschiede
Pass gut auf und unterscheide!

BILDENDE KUNST

Wir sind so weit entfernt
Aber dies ist gar nicht so schlimm, denn –
Wir schaffen nichts mit Sinn
Trotzdem sind wir da und man nimmt uns einfach hin!

Ein Hoch auf uns!
Wir machen nichts, schaffen nichts –
Aber machen Geld
Das ist unsere bildende Kunst!

Wir lungern herum in
Parteien, Vereinen
Sind diejenigen die –
Das liebe schöne Geld eintreiben

Wir sind da und dienen
Lediglich zum Beitrag der Unterhaltung
Zur Verblödung, zur Verstimmung
Zum Rausch der Massen und Kassenerhaltung!

Wir können nichts
Aber dies so verdammt gut
Alles was wir machen ist –
Mit Beleidigung und Zur Schaustellung viel Geld, auf die
Kosten, Fremder Blut!

WAHRER HORROR!

Zwischen den Jahren 1900 bis
`50 vor Zweitausend
Wurden Menschen ermordet, brutal –
Vergast, verbrannt, grausam-schwer zu glauben

1.Weltkrieg!
2.Weltkrieg!!
Bis heute frage ich mich – was in den Köpfen
Der Menschen damals so schief lief!?

Und heute im Jahr 2020! Leute! Sind wir alle –
Noch ganz bei Trost!? Heute ist es schlimm, wenn
Lieferungen sich verzögern, wenn die Produktion mal leer
steht, gibt's Strafen gegen Verstoß!

Leute! Kommen wir endlich mal wieder
Zu unserer Vernunft!?
Vor gut 100 Jahren, das war wahrer Horror
Denn auf der Kippe stand die Zukunft!

In Mitte der 30er nochmal –
Erneut, so ein dreckiges, grausames Spiel!
Dazu gelernt!? Dazu gelernt!?
Haben wir Menschen nicht wirklich viel!!!

Paket kommt heute nicht, Beschwerde
Kein Like! Vergiss es, keine 5 Sterne!
Liefertermine, Hektik, Leistungsdruck –
Aber! Wir erschufen diesen Konstrukt!!!

VERARSCHUNG DER MENSCHHEIT

Tagsüber läuft Hartz-Vier TV
Berufstätige können es nicht schau'n
Abends dann um Acht!
Entertainment-Programm gemacht

Politische Talkshows und
Themenschwerpunkt Politik
Zu später Stunde
Wenn der fleißige Bürger im Bett schon liegt!

Dokumentation und
Unterhaltungsprogramm
Ablenkung der Politik!
Die Wirtschaft boomt, es steigt der Euro im Diagramm

Schickt die Promis in den Dschungel
Oder zur Belustigung als Bauernopfer zu Deutschlands –
Super-Castingshow
Das Unterhaltungsprogramm, es tut was es kann
Deutschland, Deutschland! Man oh man!

Die Verarschung der Menschheit
Wird im Fernsehen ganz stolz ausgestrahlt
Teure Gebühr GEZ
Es wird für Sondermüll und Rotz bezahlt!

GEBT DEM WAHNSINN EINEN NAMEN

Milliarden-Hilfspakete
Für große Konzerne, spendet die Moneten
Zeitarbeit, Sklavenhandel – alles egal
Du willst Unterhaltung, dann bezahl!

Mieten und Unterhaltskosten
Steigen und steigen und
...
Wo wird der arme Bürger bleiben?

Hier zählt nur die Wirtschaftlichkeit
Hohe Zahlen, Rekord-Gewinn
Gott, ich realisiere in welcher –
Hässlichen Realität ich bin!

Leiharbeiter, Straßenkinder, Taugenichts und Rentner
Ohne Wohnsitz und obdachlos
Die Regierung, mit dem Instrument Politik
Beratschlagt sich, wie werden wir sie denn nur los!?

Wie soll man den ganzen Wahnsinn hier
Denn noch benennen?
Das Leben war nie ein Paradies
Also, kann man es beruhigt ja niederbrennen!

NEUES VOM COMMITTEE

Während die
Braven –
Bundesbürgerschäfchen
Schlafen

Berät man
Sich bei Kaviar
Und bei
Gutem Sekt

Für den
Nächsten
Wohlnutzenden
Zweck

Kontrolle
Und Finanzen
Wie die Scheine besser
In die Staatskassen tanzen

Auch ganz neu
Barcode-Gebühren-App
Für Bettler und Penner
Denn jeder Cent zählt, sagt der Kenner!

Sauerstoff-
Münzeinwurf-Gerät
Auch darüber
Das Committee sich berät

Bonusmaterial
Texte anderer Themenschwerpunkte

Im freien Fall
Plattenspieler
Wahrheit!?
Mit Odin
Halb voll – halb leer
Wenn der Hammer fällt
Freunde
Magie
Witzwort – Wortwitz

Im freien Fall

Ich würde mir wünschen
Wir kämen alle zusammen heile hier raus
Doch ich bin zu unfähig eine Beziehung zu
führen
Darum sind die Sachen gepackt und wir –
Ziehen nun aus

Warum kann ich in keiner
Beziehung leben, warum kann ich es nicht?
Warum habe ich immer
Dabei das Gefühl mich zu verlieren, warum!?

Ist es die Erfahrung aus
All den Lebensjahren
Oder sind es die Schreckmomente
Der ersten Beziehung, vor so vielen Jahren

Ich finde wohl nie mein Zuhause
Oder ist die ganze Welt heim Heim?
Ich bin einfach zu gerne draußen
Als in festem Gespann zu sein

Zu viel Verpflichtung und so eng der Raum
Kann nicht anders, dann breche ich aus!
Bitte habt Nachsicht, ich hasse mich doch
schon selbst genug
Ich fühle mich scheinbar frei – nur im freien
Fall!

Plattenspieler

Die alten CDs
Im Plattenspieler
Sie erklingen
Vertraute alte Strophen
Lieder die mich –
In andere Zeiten bringen

Während
Die Scheibe
Sich über den Laser dreht
Singe ich mit
Vertraut und laut
Wie es nur geht

Bilder sprießen
Aus Gedanken und
Erinnerungen
Schwarz/Weiß und Farbe
Den Zeiten nah und
Tief verbunden

Wahrheit!?

Wie viele sagen dir wirklich
In aller Wahrheit, was sie denken über dich
Wie viele schweigen dir
Ihre Wahrheit doch in dein Gesicht

Wie viele reden
Hinter deinem Rücken über dich
Wer mag dich, wer liebt dich –
Das erfährst du vielleicht nicht

Wie viele sprechen
Im Guten von dir und über dich
Wie viele reden
Im Hass und Schlechtes von dir und über dich

Wessen Herz bewohnst du
Wovon du es gar nicht weißt
Wer hat sein Herz an dich verloren
Wessen Sehnsucht bist du –
Die deinen Namen heißt

Für wie viele bist du ein Freund
Für wen und wie viele ein Mittel zum Zweck
Wen kümmert wahrhaftig dein Wohlergehen
Wem bedeutest du dem letzten Dreck

Mit Odin

Ich möchte treiben
Im offenen Meer, im Rausch der Welle
In Freiheit strömen
Bis zu jenem Ort und an jene Stelle

Ich möchte mit
Den Sternen am weiten Himmel kreisen
Luftschlösser bauen
Auf der Regenbogenstrecke reisen

Ich möchte gern durch
Diese ganze endlose Galaxie
Mit Odin an der Götterstätte
Über Ewigkeit und Walhalla philosophieren

Ich möchte gerne existieren
In jedem Raum zu gleicher Zeit
In mikroskopischen kleinen Teilchen
Verstreut und funkelnd in aller Unendlichkeit

Halb voll – halb leer

Könnten Tiere sprechen
Hätten Hexen je gelebt
Wäre die Erde ein Scheibe
Fielen wir herunter, wenn sie sich dann dreht

Könnten Bäume laufen
Wo flüchteten sie hin?
Fragen über Fragen, über dies und jenes
Und den Lebenssinn

Das Glas halb voll
Das Glas halb leer
Halb ist halb
Und auch gleichschwer

Ob federleicht
Oder doch steinhart
Jeder entdeckt und lebt
Auf seine eigene Art

Gewinnen, verlieren
Verlieren, gewinnen
Wichtig ist der Mut
Um zu beginnen

Bei aller Frage
Die sich im Leben stellt
Sei gewiss
Du bist, nur einmal auf dieser Welt

Wenn der Hammer fällt

Wenn der Hammer fällt
Ist es der Hammer, der fällt
Weil der Hammer fällt

Die Welt ist das Feld
In der, der Stärkste
Den Hammer hält

Wenn der Hammer fällt
Wird der Baum gefällt
Es beißt kein Hund der bellt
Besagt ein Sprichwort dieser Welt

Bei allem Gerede
Dieser Welt
Wer sagt überhaupt
Wann und wieso der Hammer fällt!?

Freunde

Gute Freunde sind ein starkes Fundament
Sind die Rettung, wenn die Hölle richtig brennt
Sie ziehen dich raus aus tiefer Lage
Sind die Sonne in dunklen Tagen

Gute Freunde sie sind da
Hören den Ruf, bevor er war
Teilen die Freundschaft, das Glück aller Tage
Bei Sieg und auch bei Niederlage

Freunde sind der Funken Hoffnung
Wenn sie längst verloren scheint
Freunde sind näher als man denkt
Ist ein Weg auch noch so weit

Freunde gehen auch mal getrennte Wege
Doch einander vergessen sie nicht
In der härtesten Lage, im Not-Moment
Lassen sie einander niemals im Stich

Magie

Da ist so etwas wie Magie wenn ich, mit der
Tinte über das Blatt Papier hier zieh'
Gedanken strömen und sie fließen in Wörtern raus -
wie ein heller Schein sind auch die Lichter aus

Das Schreiben ist mein Leben
Meine Leidenschaft seit vielen Jahren
Ich will jeden Menschen erreichen
Will ihn gern teilhaben lassen

Ich schreibe nicht nur für mich
Mich freut es sehr, erreiche ich dich

Diese Zeilen sind
Aus purer Emotion entstanden
Bin schon oft gefallen
Doch auch immer wieder aufgestanden

Heute packe ich all die Energie
All den Willen, in jede dieser Zeilen hier
Es ist mehr als nur Schreiben
Es ist Mut und Kraft auf dem Papier!

So wie hier könnte ich
Die ganze Zeit weiterschreiben
Zeilen die einen doch bestärken
Und für immer bei dir und bei mir bleiben

Witzwort – Wortwitz

Der Welt-Klima-Gipfel
Er ist dauerhaft gelöst

Der Gipfel ist geschmolzen…

TA-DAA
TA-DAA
TA-DAA

Im Auftrag, ihre Bundesregierung

Der Autor Christian Hofmann, präsentiert in diesem
kurzen Band Gedichte und Karikaturen –
Ein kleiner Einblick in das neue Schaffen, welchem sich
der Autor derzeit widmet.

Übersicht der Gedichte

In der Einsamkeit

Kopf hoch, Nasenspitze horizontal
Brust raus, alles andere als leicht grad'
Diese Stille in der Einsamkeit
Zwischen Trauer und Schmerz höre ich nun
Noch tiefer ins Herz hinein

Wo doch einst, lebhafte Laute waren
Ist nun alles mit Leere und Schatten begraben
Da sind keine Erfolge, eigentlich nur ein
Lebenslanger Verlust!
Ein Träumer – getragen von Wut und Frust!

Keine Erfolge, nichts erreicht
Scheine und Trophäen, ja!
Dann aber immer wieder entgleist!

Nichts lange durchgezogen, wegen depressiven
Episoden – immer und immer wieder abgebogen!

Wie soll ich den Kopf mit Nasenspitze horizontal
aufrecht halten?
Tränenvolles Herz, in diesem kann sich die Leere –
Nun im Raum entfalten!

Ich zerlege mich, zerreiße mich
Doch es bringt nichts –
Es bringt nichts – zurück!

Vor dem Schlafen

Zu viele Sorgen die mich
Vor dem Schlafen gehen quälen
Die mir abends den Stundenschlaf stehlen!
Abgestiegen, runtergekommen
Drecksloch, kein Geld, ganz blank!
Opel Corsa 5-Türer, Schulden-Ratenabzahlung
Bei der Bank, Lebensstandard!

Depression wieder da! Was auch sonst, ganz klar!
Rotz den Schleim von der Lunge
In nebliger Sicht, ins Nichts gesprungen!

Herz ist am Brennen
Herz steht in Flammen
Muskeln verkrampfen
Alle Symptome, wieder mal zusammen!

Schlechte Lage, so stickig die Luft
Der Weg 2021 – ganz klar
Raus hier! Ist da, wo ich hingehen muss!
Bronchien sind am Meckern, jeden Morgen Schleim im
Waschbecken! Das ist die Wahrheit ohne Facetten!

Mein ganzes Leben bislang, ein einziger Fehltritt
Alles in allem – Fakt ist; Ich muss raus aus dem Shit!

Es saugt es auf

Ich erliege im System der Gesellschaft, schwerem Leid
Denn fühl' mich nicht wohl, also bin ich der Feind!
Vielleicht hat Gott es erkannt, vielleicht hat Gott es gut
gemeint!?

Er gab mir Werkzeug, schon seit einiger Zeit
Ich bin seitdem der, der um sein Leben schreibt!
Und so schreibe ich an – solang' ich kann
Ich will, bis dass der Teufel kotzt!
Bis er Blut und Galle rotzt!

Das Papier ist kein Freund, in dem Sinne
Schreibe auf was mich beschäftigt, es saugt es auf
Und es hält es inne!

Das Papier denkt sich nix!
Kritisiert nicht, fragt nicht, es ist einfach da
Das is' der Grund und die Antwort auf die Frage –
Warum mag ich's!?

Ich erwarte nicht, dass mich jemand versteht
Oder, dass man mir alles verzeiht! Mit dem Papier teile
ich lediglich Fehlschlag und Leid!
Es ist das Mittel, das da is' – mir hilft und bleibt!

Come on!

Zwischen frei sein wollen und
In Freiheit kommen –

Dazwischen liegen Welten

Jede Menge Schritte
Treppen rauf, nächste Stufe
Niemals stehen bleiben
Come on! Schwing die Hufe!

Meine Schwierigkeit ist
Dieser stetige Balance-Dance
Frei sein un' schreiben – non-distance!
Un' da, beißt die Katz' sich in'n Schwanz!

Ich will
Frei sein
Und will
Frei leben!!!

Solange ich dies –
Nicht kann
Muss ich texten
Es hält mich am Leben!!!

Heldenstiefel

Helden sind
Fiktive Charaktere
Heldengeschichten
Sind erfundene Märchen

In der Realität
Ein Held zu sein
Ist gar nicht leicht
Und hart zugleich

Heldenstiefel
Treten immer
Schwere Schritte
Nie am Rand
Immer durch jede
Mitte

Selbstlos und voller
Gerechtigkeit
Helden zu finden –
Nirgends weit und breit!

Reset the level

Now I reset the level
`Cause I was caught
In a looping-life

I was dancing with the devil
But my own flow is glow
I've a fire in my eyes

I'm driving with my
Sunglasses through the hell
I've seen the exit
And I'm very well

With the maximum speed
This fury road along
I leave these place of hell – Yiha!
I'm waiting for this so long!

I race across the streets
The days – are blown away
By the wind like dust
Only my way I trust!

DIE ZEIT

Nicht sichtbar
Nicht greifbar
Doch zu spüren
Wie sie vergeht

Blätter fallen
Monat für Monat
Die Jahre
Sie vergehen

Nichts kommt zurück
Nichts bleibt
Lediglich die Erinnerungen
An jene Zeit

Bilder verblassen
Tagebücher werden älter
Die Winter erscheinen länger
Das Leben es wird kälter

KARiKATUREN
Christian Hofmann

Der Autor Christian Hofmann, bekannt durch die Entgegen der Zeit – Reihe (Belletristik u.a. Texte aus dem Leben) stellt nun Situationen und Momente aus dem Leben in der Karikatur-Form da.

Dies ist der erste Einblick in seine neuen Werke...

...KARiKATUREN
© 2020

Inhalt

Karikatur: Werbeflyer/Propaganda rechte Seite!

Karikatur: Finanzsystem/Kassen durch Regierung füllen durch Penner-Gebühren-App!

Karikatur: Katalysator-Automat zu Corona-Zeiten mit tollen Extras wie Gehirnwäsche!

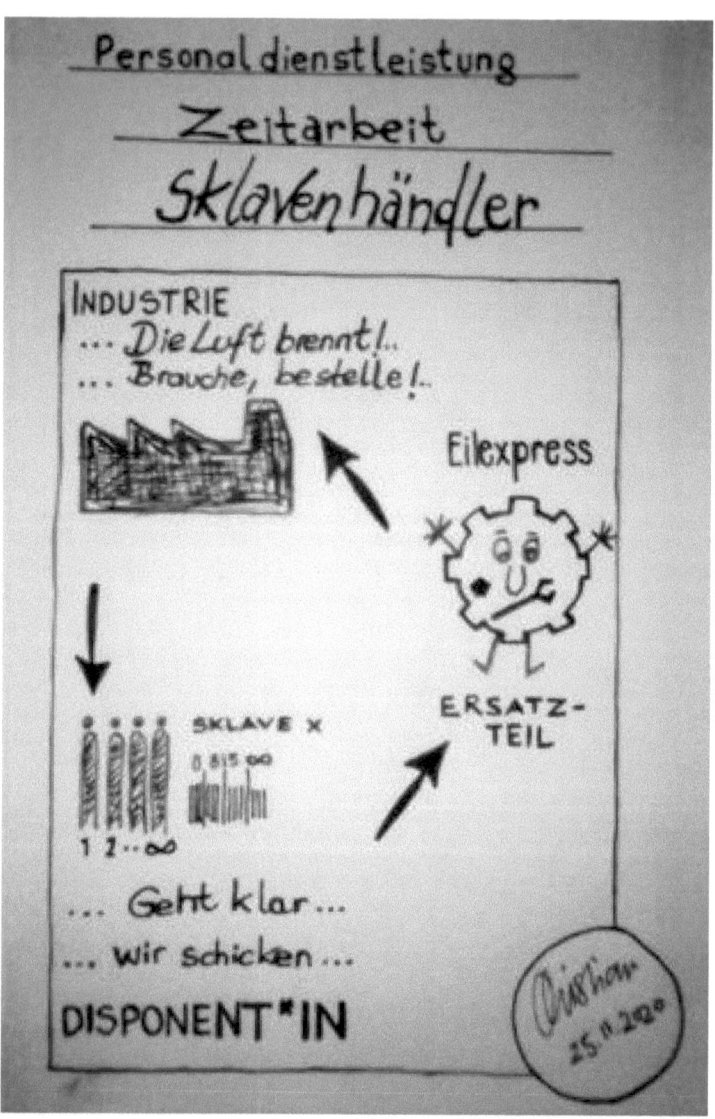

Karikatur: Zeitarbeit/Personaldienstleistung oder auch einfach „MODERNE SKLAVEREI"

Flachwitz: Über das Fremdgehen...

Zu guter Letzt:

Bonustext: Es ist'n hartes Leben
Bonustext: AUF! AUF!
Bonustext: Weit
Bonustext: In den Knochen
Bonustext: Einfach drauf los

ES IST'N HARTES LEBEN

Es ist'n hartes Leben, wenn du durchschaust
Wie die Dinge hier laufen
Als Kind träumst du noch, hast Ziele und Freude
Sagst dir selbst; „Später werd' ich mir alle Wünsche kaufen"

Und alle rundrum' sagten; „Lerne und sei fleißig, sei gut
Lern'n Beruf"!
in Wahrheit war'n sie voll mit Traurigkeit, denn auch sie
wurden vertrieben aus dem Märchenbuch!

Dieses Leben, ist kein leichtes
Hab' die Schnauze voll und mir reicht es!
Ich will raus und ich will weg – weit weg
Vom Kummer, der Trauer, aus den Scherben aus dem Dreck!

Un' nun pack ich's an
Weil ich nich' anders kann!
Es is' lang an der Zeit
Ich stehe schon lange meinen Mann!

Ich geh weiter
Bis ans Äußere
Bis nix mehr geht
Bis ich nicht mehr kann!

AUF! AUF!

Ich räume hier gewaltig und gehörig mein Leben AUF –
AUF! AUF! AUF!
Alles an Unrat, dem schenke ich kein Pardon es muss RAUS –
RAUS! RAUS! RAUS!

Ich freue mich auf das kommende Jahr
Neufindung, Neustart – Freude und Euphorie
Doch weiß ich auch, es wird nicht einfach
Es wird hart – so schwer wie nie!

Es gibt nichts zu verlieren
Außer dem Leben irgendwann
Ansonsten gibt's nix zu verlieren –
Lasse nix aus, ohne es zu probieren!

Jeder unversuchte Versuch
Wäre schade und bleibt verborgen
Auch die Sonne, die untergeht sagt sich;
„Ich komme wieder, am neuen Morgen"!

So wie die Nacht
So wie der Tag
Wie der Mond und die Sterne
Erneut, wieder und wieder an jedem neuen Tag!

WEIT

Wie oft und wie viele
Tränen habe ich schon geweint!?
Das Herz im Arsch und
Die Seele sie schreit!

Der besseren Zeit
Entfernt –
Bin ich dieser Tage
Ganz schön weit!

Trübe Tage
Liegen weit zurück
Doch rücken näher
Stück für Stück

Doch auch im
Härtesten Winter
Scheint irgendwann
Einmal die Sonne!

Traurigkeit auf der Seele
Leere im Blick!
Ein Herz voller Feuer
In dem Flammen ich steck!

IN DEN KNOCHEN

Traurigkeit steckt mir in den Knochen
Schmerz der beißt, der reißt –
Zerfrisst das Herz und auch die Seele
Wo ich auch bin, wohin ich gehe!

Wie sollte mein Leben denn sein!?
Welche Wünsche, Träume, Ziele –
Welche habe ich!? Niemand fragte mich
Diese einzige Frage mal!

Ich wollte glücklich sein
Brötchen zum Leben verdienen!
Dann kam die Literatur in mein Leben
Leidenschaft fürs Schreiben entfachte und ist geblieben!

In Wörtern fließen und treiben
Mit auf ihren Wegen gehen
Berufung hat mich zum Dichten und zum Reimen berufen –
Seitdem bin ich auch sehr gern am Lesen!

Mein Leben ist nur ein Fehltritt!
Nichts ist wie gewünscht geworden!
jetzt versuche ich aus dem Zustand –
Kunst zu machen, in allen Worten!

EINFACH DRAUF LOS

EINFACH MAL DRAUF LOS
DENKE NICHT ZU LANGE NACH!
DIE MOMENTE VERSTREICHEN
ICH WÜNSCHE MICH HIN UND WIEDER –
GERNE WEG IN EINE
FERNE, EINE GANZ ANDERE ZEIT!

KEINER MEINER TRÄUME
IST BISLANG WIRKLICH WAHR!
DIE SEHNSUCHT SO GROSS UND UNGESTILLT
NACH ALL DEM WAS NIEMALS WAR!

BRAUCHE NICHT VIEL ZUM LEBEN
BIN DOCH MIT WENIG SCHON ZUFRIEDEN!
SCHMERZ UND TRAUER SCHON SOLANG'
IN MIR – ÜBER ALLES SCHON GESCHRIEBEN

DAS WUNSCHLOS-GLÜCKLICH-UND-
ZUFRIEDEN-LAND
ES EXISTIERT IN MIR
UND IN MEINEN TRÄUMEN
ERBAUT MIT EIGEN HAND!

Zuletzt noch ein Kapitel –
Empfinden und Auswirkungen von Corona-
Einschränkungen

Jahresende – zum Jahresanfang
2020 in Übergang zu 2021

Kapitel – WINTERHORRORMÄRCHEN

Gedanken-Slam

Die Stimme
Sagt den Gedanken;
„Hey, denkt nicht so viel"...

Die Gedanken
Sie denken;
„Stimme sei leise, wir haben zu tun –
Schon so viel, mit Kopf
Herz, Bauch und Gefühl"...

Und so kribbeln die Nerven
Es verzagt die Stimme
- Herzlich Willkommen – in mir!

Vaterfrost (Winterkälte)

Die Winterkälte zieht
Durch mich hindurch
Eisigkalt lässt Vaterfrost
Haut und Knochen gefrieren

Bläulich-rot, gerissen
Und gar trocken ist die Haut
Eisig beißt die Kälte bis ins Mark
Eiskristalle die das Leben verzieren

Winterzeit, kalte Winterzeit
Die Spur zum –
Warmen Herzen, sie scheint
So endlos weit

Die Landschaft trägt das Bild
Vom Wintergrau
Der Mond am Himmelszelt
Färbt sich so gelb, so kalt ist ihm auch!

Und auch die Sonne
Sie trägt Traurigkeit
Denn erst im Frühling
Erwacht wieder ihre Zeit

Die kalte, eisige Winterzeit, geht mir so an die Substanz –
Neblig-graue Tage zwischen November und Dezember, das
künstliche Tageslicht und zu wenig Sonnenlicht...

Winterhorrormärchen

Kalt und leer – das Herz
Der Kopf so schwer
Das Buch mit Blättern voll beschrieben
Doch in der Seele tut es weh!

Die Kinder-Wintermärchenzeit
Liegt lange zurück –
So ganz fern und weit

Heute sind die Taschen leer
Herz voll Blei
Ich tauche durch die kalte
Winterhorrormärchenzeit

Ich schließe die Augen bis ins
Frühjahr drein'
So lässt der Winter sich ertragen
So gehe ich mit dem Herz aus Stein

Santa Clause trägt Schwarz

Ich schaue aus dem Fenster raus
Neblig, frostig, dunkel und so kalt
Ich halte diesen miesen –
Winter einfach nicht aus!

An der Tür klopft ein Mann –
Mit Rute wie jedes Jahr
Schwarze Kutte, grimmig der Blick
Es ist mein Santa Clause!

Weihnachtslieder
Weihnachtsengel
Alles ist ja so toll und wirklich gut –
Die Kälte nur, es gefriert in meinen Adern das Blut!

Ich habe nichts gegen das –
Kleine Christuskind
Es ist die Kälte und das Trübe
Verschwind bitte geschwind!

Mein Kopf er dröhnt vom ganzen Jahr
Die Depri feiert diese Dunkelheit
Zu meinem Leiden wunderbar!
Fröhliche Weihnachtszeit –
Wünsche ich trotzdem überall und weit und breit!

Weihnachtszeit – Süß die Kassen klingeln

Ho! Ho! Ho! – Weihnachtszeit
Süß die Kassen klingeln
Wenn, die Sterne glühen und fallen –
Ganz weit oben vom Himmel!

Wenn die Kassen Umsatz machen
Tragen die Scheinchen ein helles Lachen
Ho! Ho! Ho! – Es ist Weihnachtszeit
Wenn die Kasse nach Befüllung schreit!

Der Kopf ist voll
Die Seele klemmt, Herz es brennt
Die Geldbörse tanzt
Weil sie ihren Wert doch kennt!

Geschenke
Geschenke
Kauft ihr lieben Leute
Was das Zeug hält!

Weihnachtslieder, Krippe-Geschichte
Alles total egal!
Weil der Euro zählt – der auf dem
Fließband, im Kaufhaus fällt!

Tage kleben

Kahle Äste
Im Nebelgrau
Frostkristalle im
Kalten Morgentau

Die Tage ziehen
Durch die Winterzeit
Wie als ob, sie kleben –
Bis ins Frühjahr weit

Jeder neue Tag
Am Morgen gefroren
Jedes Jahr wird das
Wintermärchen neugeboren

Blätterlos stehen Bäume
In lichter Landschaft da
Dezembernächte gezählt –
Heiligabend, der ist nah!

24

24 Türchen, die Kinder freuen sich
Und öffnen sie
Jedes Jahr im Dezember wiederholt –
Sich das Geschehen

Am 6. Kommt zunächst
Der Weihnachtsmann
Am 24. Das Christkind, zur Bescherung –
Lässt es sich sehen

Die Kinder sitzen
So gespannt unter dem Weihnachtsbaum
Wieder erfüllt sich ein –
Dezembertraum

Leuchtendhelle Sterne
Sie stehen in der Nacht
In der Krippe lag das Christuskind –
In Bethlehem, in heiliger Nacht!

Ausgangssperre 2020

Gedanken sind –
Zwar auf Papier getragen
Doch man ist zur
Non-Konversation angehalten

Ausgangssperre –
Sie prägte das ganze Jahr
In welcher Form, soll ich denn
Das Ganze verwalten!?

Virtuell war
Vieles „erlaubt"
Digital ist aber nicht
Meine Welt!

Mir fehlte die Bühne
Mir fehlte der Austausch
All das, was mir am Künstlerleben
Doch so viel gibt und auch gefällt!

Gedanken kreisen

Es ist ein kalter Tag im Dezember
Keine Arbeit, habe Zeit, doch bin voller Unruhe
Bin getrieben – wie unter Zwang
Dass ich ständig etwas zu tun haben muss!

Gedanken kreisen in Unendlich-Schleifen
Träume platzen, große wie auch kleine
Wem oder was muss ich etwas beweisen!?
Ich will nicht mehr weiter in die Luft nur greifen!

Der Kopf ist mehr als –
Bis zum Rand schon voll
Kein Reset, kein Stopp
Das Gefühl so schrecklich-toll!

Trauer legt sich über mich
Doch Tränen –
Nein!
Sie fließen nicht!

Was soll und wird die Zeit noch bringen!?
Welche Fröhlichkeit kann noch erklingen?
Trauer und bittersüße Traurigkeit –
Das ist zurzeit, meine Lebenszeit!

Schlechte Laune

Die schlechte Laune – sie verdirbt den Spaß
Kann weder schreiben in Cafès oder Bars!
Die Atmosphäre fehlt –
Der Depri-Wind, der zu allem Übel eh schon weht!

Das Lachen bedeckt vom Trauer-Schein
Das Grinsen längst gestellt, schon ein!
Jedes Lachen, aus dem Gesicht gefallen
Von Depri und Schauer so befallen!

Kälte im Herz und unter der Haut
Bis auf die Knochen
2020 – du hattest echt verdammt
Steinharte Wochen!

Die Aussichten waren
Alles andere als rosig
Ich suche und suche doch –
Ich finde den Trost nicht!

Saufen: NEIN! Weinen: NEIN!
Verkriechen: NEIN!
Der Weg ist dies' Jahr weit
Ins traute Heim!

Monster unterm Bett

Was kann ich nächstes Jahr machen?
Ins Schreiben flüchten, löst nicht die Sachen!
Ich will und muss etwas ändern, aber was und wie!?
Wenn ich dies ja wüsst', wär's nicht so schwierig hier!

Ich werfe die Monster unterm Bett
Aus meiner Wohnung raus!
Ich schnappe die Flagge, ziehe los –
Breche hinaus, in die Welt da draußen auf!

Alles raus, was keine Miete zahlt!
Ich ertränke die Geister in mir mit –
Macchiato-Amaretto in meiner Lieblingsbar
Alles wird anders ja! Zwar im nächsten Jahr!

Ich weise die Dämonen in die Schranken
Muss neuen Mut und wieder Kräfte tanken!
1-2-3 – Jede Scheiße geht vorbei!
6-7-8 – Mache kaputt, was mich kaputt macht!

Scheiße hat man wie Heu, darum wird's Zeit für NEU!
Glück ist rar gesät, wer es verpasst, der war zu spät!
Raus aus dem Rahmen –
Linien und Grenzen überschreiten!

Nur noch kämpfen um das
Wo es sich auch lohnt zu streiten!

Nicht wie jeder sein

Fast 35 Jahre sind erbracht
Zu etwas Großem, habe ich es nie gebracht!
Vieles probiert, wenig geschafft!
Hinterhältig wie das Leben über einen lacht!

Ausbildung hier, Arbeitsplätze da
Nirgends lange ausgehalten –
Das ist so vollkommen wahr!

Fühle mich nicht wohl, bei dem Rotz den ich tu
Meiner Berufung folgen fällt schwer –
Aber ich höre, sie ruft mir stetig zu!

Meine Berufung ja – bringt vielleicht kein Geld
Hilft mir aber bei der Gesundheit!
In der gesellschaftlich-kranken Welt!

Man wird verglichen, vermessen
Bewogen, verurteilt, vergessen!
Kritisiert mit Zensuren vor dem Notenspiegel!
Beim Tod dann, bekommt man die Tränensiegel!

Medaille, Trophäe, Auszeichnung
So einsichtig und faltbar, diese Gleichung!
So „billig und lasch" das ganze Sein
Ich will nicht so, wie ein jeder sein!

Bücher schreiben ist mein Ding!
Auch wenn es nicht jeder begreifen will!

Telefonseelsorge

Hektik, Stress
Termin an Termin
Arbeitsleistung, als gäbe es keinen Morgen!
Belastung, am Rad drehe, Überforderung –
Mein Gott! Dafür gibt's die Telefonseelsorge!

24 Stunden malochen
3-Schichtsystem
Liefermenge, Marge hoch
Arbeiten als gäbe es keinen Morgen!
Herzinfarkt, Herzkammerflimmern, Schlaganfall –
Ja meine Güte! Dafür gibt's die Telefonseelsorge!

Dauerakkordarbeit
Ohne Pause immer durch
Non-Stop, rund um die Uhr
Als gäbe es keinen Morgen!
Herzbibbern, Nerven zucken, Zusammenbruch –
Ja meine Güte! Dafür gibt's die Telefonseelsorge!

Sie sollen schaffen!
Nicht meckern und nicht jammern!
Sie sollen funktionieren!
Nicht mit wenn und aber, nur in Klammern!
Sie sollen arbeiten!
Als gäbe es keinen Morgen!
Für Beschwerden wie Burnout und Depressionen –
Ja, mein Gott! Dafür gibt's die Telefonseelsorge!

Der schwarze Mann

Es ist ein Zirkus im dunklen Licht
Trete ein und fürchte dich!
Habe Furcht und atme Angst
Lauf so schnell, wie du nur laufen kannst!

Rapper – rap -per – dam – dam
Im Fenster lauert –
Der schwarze Mann!
Rapper – rap – per – dam – dam
Hast du Furcht
Vor dem schwarzen Mann!?

Willst du dich verloren fühlen?
Bewege dich im Zwielicht-Moment
Lass die Flamme brennen, brenn'
Bis dein Herz auch Feuer fängt und brennt!

Trägst du Wut und Hass –
Auf dich selbst gerichtet!?
Die Wunde brennt voll tiefem Schmerz
Ein Gefühl vom Selbstvernichten!

Rapper – rap -per – dam – dam
Im Fenster lauert –
Der schwarze Mann!
Rapper – rap – per – dam – dam
Hast du Furcht
Vor dem schwarzen Mann!?

DER REST VOM JAHR
2020

Teile der Gesellschaft

Es pocht der Frust
Es kocht die Wut
Entzündet ist die –
Heiße Glut!

Heute stelle ich
So vieles, auch mich in Frage
Was ich fühle, was ich denke
Wie ich handle, was ich sage!

Mein Unterschied zu früher
In der Schule war es mir total egal!
Heute habe ich keinen Bock, Vaterstaatsscheiße –
Zu rühren – so sehe ich gar keine andere Wahl!

Ich keuche und maloche
Jeden beschissenen Tag
Man soll schlafen in der Nacht
Doch in jener liege ich, voller Gedanken immer wach!

Was ist wichtig, was ist egal?
Was ist richtig, was ist eine Qual?
Lass ich liegen – was ich nicht brauch'
Ich hasse das System, Teile der Gesellschaft auch!

Kein Prinz

Bin weiß Gott kein Prinz
Reite nicht auf einem Pferd
Würde von ihm runterfallen
Mal was Neues, ja – das wär's

Bin kein Superstar
Vom perfekten Mann eher –
Viel weiter als nur weit entfernt
Und niemals nah am Supermann dran!

Ich kann nix
Außer schreiben – und das verdammt viel!
In mir so ist so viel los
Es geschieht und passierte auch so viel!

Wie ist es bei dir!?
Bei dir? Bei dir – bei dir!?

Hätte mal wieder Bock
Eine Nacht durchzumachen
Über all die alten albernen
Sachen mich kaputtlachen

Bin kein guter
Raumausstatter!
Nur ein Mann, der Raum braucht
Und den hat er!

Lebensablauf

Dunkle Wolken
Sie ziehen auf
Kalte Tage
Ziehen durch

Leben ohne Sonne
Ist der aktuelle Lebensablauf!

Der letzte Monat
In diesem Jahr
Noch 4 Wochen dann –
Ist ein neues wieder da!

So vergeht die Zeit
So stirbt der Tag
Im Lockdown!
Freiheitsbeschränkung
Fördergelder –
Stellenabbau

Herstellung und Verlag:
BoD - Books on Demand, Norderstedt
ISBN 978-3-7526-9177-1